奈良まちはじまり朝ごはん

いぬじゅん

STARTS
スターツ出版株式会社

自分は強い人間だ。そう思って今日まで生きてきた。

悲しい出来事が起きても動揺《どうよう》なんてしたことがなかった。

「そういうこともある」と、いつも受け入れて、ちゃんと前へ進んでこれた。

だけど、あの日足元が崩《くず》れてゆくような感覚を生まれて初めて感じた。描《えが》いていた世界は一瞬で色を失くし、音も遠くへ去って行った。


——そんな人生最悪の日。

私を救ってくれたのは、偶然《ぐうぜん》食べた朝ごはん。

無愛想な店主の作る朝ごはんは、温かくてやさしくて、凍《こお》りつきそうな心を溶《と》かしてくれた。


そのときの私はまだ知らなかった。

あの朝ごはんが、自分の人生をも変えることになるなんて。

目次

奈良まちはじまり朝ごはん

第一話　はじまりは、西洋卵焼き

ずだった。


四月一日、月曜日、晴れ。

新しい人生のはじまりの日。

本当なら今ごろ、奈良《なら》の中心部にある職場で希望にみちあふれて仕事をしていたはずだった。


今日まで何度も繰りかえした自己紹介の練習も、先輩への笑顔の作りかたも、全部ムダになってしまったなんて、今でも信じられない。

──新社会人として初出社の今日、会社が倒産《とうさん》してしまったのだ。

経験したことのないショックに打ちのめされた私は、いつしか奈良の町をさまよっていたらしい。借りたばかりのアパートに戻るにはバスに乗らなくちゃいけないのに、それすらできないほどに自分を見失っていたみたい。

おろしたてのパンプスがすれて痛むかかとにも、ようやく今気づいたところ。

「最悪……」

つぶやく声にすら力が入らない。

四月の空には雲がひとつ、のんびりと流れてゆく。ここは行き止まりの道らしく、小さな古い平屋《ひらや》建ての家の前にある木製のベンチに腰かけていた。

……いつからここに座っていたのだろう。

どこをどう歩いてきたのかすら思い出せないなんて、よほど呆然《ぼうぜん》としていたのかも。

座っているベンチの右奥には行き止まりの道が見え、石でできた階段があるだけ。正面には手入れされていない畑があり、駅前の風景とはずいぶん違っている。見覚えのある景色ではなかった。

たしか、奈良駅前にある『東向商店街《ひがしむきしょうてんがい》』がたくさんの人でにぎわっていたので、逃れるように脇道にそれたような記憶がある。その細い道を進むと、そこには『ならまち』と呼ばれる、古い町並みを残した風景が広がっていた。ぼんやりした頭で迷路のような道を歩いたんだっけ……。

ベンチから見える行き止まりの道のそばにある桜の木は、たくさんのピンクをまとっている。

その咲き誇《ほこ》っている姿にすら嫉妬《しっと》しそうになる。

悲しくてやりきれないのに、なぜか涙は出なかった。そんな感情すら出てこないくらい現実をまだ受け入れられていないんだ。

今日の出来事を反芻《はんすう》しようとしても、見上げた空があまりにまぶしくて、自分をちっぽけに感じる。

人の家の前のベンチに腰をおろしているわけにもいかないけれど、重りが体中にのしかかっているみたいで立ち上がれない。

「お前、泣くのか？」

その声が聞こえたとき、私は汚れた新しい靴《くつ》をぼんやりと見ていた。

散々悩んで予算よりも高めのものに決めたのも遠い昔のように感じられた。

そうしてから、ようやく誰かに声をかけられたことに気づいて顔を上げる。

……今のは？

朝の光が照らす道の向かい側に太った猫が寝そべっているのに気づいた。

気持ちよさそうに寝ている茶色の猫がひょいと顔を上げてこっちを見てくる。

まさか……猫がしゃべっている？

あまりのショックに猫語がわかるようになったのだろうか……？

「泣くわけないでしょ」

まさか、と思いながらも答えるけれど、猫はまだなにか言いたげな表情で私を見てくる。

しばらく迷ってから、

「……私の声が聞こえるの？」

自信なさげにつぶやくと、私をチラッと横目で確認してくる。

やっぱり聞こえているんだ……!?

ごくりと唾《つば》を飲みこんだ瞬間、

「バカ。どこ見てんだ」

左から声が聞こえ、ゆるゆると顔を向ける。

「あ……」

ベンチの横にある引き戸の前に男性があきれた顔で立っていた。ハッと我に返った瞬間に私は立ち上がっていた。さっきまで根っこが生えていたみたいに重かったのにウソみたい。

見ると、もう太った猫は大きなあくびをして毛づくろいを始めていた。

そうだよね、猫がしゃべるわけないのにほんとおかしくなっているみたい。

それより猫と話をしているなんて、危ない人だと思われているかもしれない。いや、きっと思われている。

「すみません。あの、ごめんなさい。……申し訳ありません」

思いつくままに謝罪の言葉を言いながら頭を下げた。勝手に人の家のベンチに腰かけていたのだから、怒《おこ》られて当然だ。

ミスをしたときの謝りかたの練習が、こんな場面で必要になるなんて。

もう何年も泣いていないけれど、情けなさで涙が出そうになる。

とにかく駅まで戻らなきゃ。でも、どこをどう歩いてきたのかわからない。

また寝ようとしているのか、目を閉じた猫を一瞥《いちべつ》してから歩き出した私の背中に、

「待て」

そう声がかかった。犬じゃないんですけど、と言いたかったけれど今は我慢《がまん》。説教されてもおかしくない状況なのだから。

走り出したいけれど足が痛くてできないし、これはもう絶体絶命としか言いようがない。

覚悟《かくご》して振り向いた私はそのときになって、ようやく声の主をしっかり見ることができた。

高い身長に切れ長の目、そしてなぜか茶色の着物を着ていた。年齢は私より少し上に見えるけれど、着物のせいで予想しづらい。短めの黒髪が春の風に泳いでいる。

「道に迷ったのか？」

低い声で言う男性は、鋭《するど》い視線だけれどなぜか怒っているようには見えなかった。古い平屋の家にしっくりくるスタイルで、まるでタイムスリップしたかのようだ。

「はい」と素直にうなずくと、

「そうか」

今度は声色《こわいろ》までやさしく感じるから不思議。

「あの……駅はどっちに行けば――」

「朝食はとったのか？」

かぶせられた言葉に、

「へ？」

よく聞き取れなくて間抜けな答えをかえしてしまった。

なんて言ったのだろう？　チョーショクってなんのこと？

焦《あせ》る私に、男性は腕を組んでから口を開く。

「朝ごはんは食べたのか？」

「朝ごはん……ああ、朝食ってそのこと？」

意味が理解できたうれしさに顔を上げると、

「そう言ってるだろうが」

なんだか怒られている気分になる。もしかしたら少し変わった人かもしれない。最悪な今日という日に、こういう人に出逢うのも無理はない。

「あ、まだです」

ヘラヘラと友好的な笑顔を作りながらも少し後ずさりをするけれど、ズキンとする足が痛んでしかめっ面になってしまう。

男性は「そうか」と、短く言うと背を向けた。

「じゃあ、食っていけ」

そう言うと、引き戸の中に姿を消してしまった。

「……え？」

ぽつん、と残された私。今、なんて言ったのだろう……？

振りかえると後ろで寝ていたはずの太った猫が私の横を歩いて悠然《ゆうぜん》と家の中へ入ってゆく。ここの飼い猫なのかな？

「早く入れ」

また聞こえる男性の声に、足がすくんだ。

見ず知らずの人の家に入るなんてできるわけがないし。頭の中で『逃げる』という選択肢《せんたくし》を選ぼうとしたとき、戸にさげられている濃い紫《むらさき》色ののれんが目に入った。のれんのすき間から家の中を覗《のぞ》くと、木で作られたカウンターと同じ色のイスが四脚《きゃく》見えた。そしてその向こうには小さな厨房《ちゅうぼう》らしきものがある。

……お店だったんだ。

そもそも普通の家庭では道路に面したところにベンチなんて置かないだろうし、のれんだって出していないよね。

でも、壁にものれんにも店の名前は書いていない。

いぶかしがりながらも、なぜか私は吸い寄せられるように中に入って行った。

「そこ」

カウンターの中に姿を現した男性が右の一番端《はし》っこの席を指さす。左端のイスにはさっきの茶猫が当然、といった顔で座っていた。

店内は外から覗いたときよりもずっとせまく思えたけれど、大きな窓から見える空が印象的だった。

「あの……」

「すぐできるから」

こっちの顔も見ないでそっけなく言う。

ためらいながらも腰をおろしてしまったのは、歩くと痛むかかとのせい。

靴ずれはまだヒリヒリと今日のショックを物語っているみたい。かかとを見ると、こすれて穴の空いたストッキングに赤い血がにじんでいた。

それにしても、と店内を見回す。

木目の壁にはメニューどころかポスターの一枚も貼《は》っていない。

……どうしよう。

ひょっとしたらぼったくりの店なのかもしれない。『店長のおすすめ』とか言って、高額な料金を取られる話をニュースで見たことがあった。たしか、メニュー表がないのが特徴《とくちょう》とかなんとか……。古都奈良で、そんな店があるなんてイメージできないけれど、観光客も多いだろうし。

ふと気づくと、カウンターになにか置かれている。

それは、一枚の絆創膏《ばんそうこう》。

「……え？」

「使うといい」

そう言った男性はやっぱり私のことなんて見ずに手を洗いだしている。

水の音が響く店内で首をかしげた。靴ずれのことなんてしゃべった記憶がない。

というか、まだほとんどしゃべってもいないのに、なんでわかったの？

「どうして？」

私の疑問は水の音に負けて、男性には聞こえていないみたい。

思ってもいないやさしさに、驚くだけじゃなく泣きそうになる。お腹がじんと熱くなって視界がにじんでいる。

それに、彼はぶっきらぼうな人だと勝手に決めつけていた自分を少し恥じる気持ちもある。私の痛そうな様子を見て、絆創膏を差し出してくれた男性は、きっとやさしい人なんだ……。

「……ありがとうございます」

そう言って傷に絆創膏を当てると、痛みまで心なしかやわらいだように思えた。

「あの……ここってお店なんですね」

水の音に負けないように声を出すと、ちらっと私を見てから男性は軽くうなずいた。

やっぱり……。

「和食屋さん、ですか？」

私の質問に答えないままあからさまに不機嫌《ふきげん》な表情。どうやら違うらしい。

「じゃあ、洋食？」

平屋の日本家屋《にほんかおく》を改修して造ったと思われるこのお店。今流行《はや》りの古民家カフェみたいな風情の洋食屋ってこともありえると思ったから。

だけど、男性の眉間《みけん》に深いシワが寄ったのでこれも間違い、と気づく。

「メニューはどこにあるのですか？」

「そんなものはない」

「ない？」

さっきのぼったくり店の発想が、急浮上してくる。

これは本当にマズイ状況かもしれない。

引っ越しで思った以上にお金がかかってしまったし、初任給までは厳しい生活になるのだから高額請求がきたら一巻の終わりだ。

そこまで考えて、思い出した。

ああ、初任給はもうもらえないんだ……。お腹のあたりがモヤモヤしてしまい、手で押さえながら深呼吸をした。

カウンターの向こう側では男性が料理を始めたらしく、包丁が刻む規則正しい音が聞こえている。すぐにジュワという音が聞こえたかと思うと、油の跳《は》ねる音が聞こえてきた。遠い夏の花火の音みたいに、パチパチとリズムを奏《かな》でている。違うのは、火薬の匂いではなく香《こう》ばしい香りが漂《ただよ》い始めたこと。

もう作り始めたのなら焦っても仕方ないのか。……そう、いつもこうしてイレギュラーな出来事が起きても、動じずに受け入れてやってきた。

どんなことが起きても平然としている私に、『鉄の心臓』なんてあだ名をつけた友達もいたくらい。

だけど、今朝のはちょっと予想の範囲《はんい》外だったから……。

痛む胸をごまかしながら改めて店内を見てみると、古い家屋を修繕《しゅうぜん》したのか柱は年代ものと言えそうな代物だった。木目の壁が温かさを感じさせ、居心地がいい。店内にBGMはなく、なにかを炒《いた》めている音だけが心地良く耳に届いている。木べらがフライパンをたたく音がコツコツと鳴っている。

男性の顔を改めて観察すると、すごく整った顔をしていた。真剣《しんけん》な目で手元を注視している姿から、料理に真面目な人なんだろうなと思う。職人肌なら、愛想がないのも仕方ないのかもしれない。

というか、この人、まるで一度も笑ったことがないのではと思うほど無表情で、笑顔がまったく想像できない。

人生最悪の日に、偶然入った店で料理を待っているなんて、朝の私は思いもしなかっただろう。これで高額請求なんてされたら、この町に来たことを心から後悔しそう。左端の席に座っている猫はまるで匂いに興味がないように、気持ちよさげに目を閉じている。

空気が丸い、そう思った。暖かい店内に漂う香りが疲れをどんどん癒《いや》してくれているみたい。

「ほら、できたぞ」

コトリ、と音がして黒い木でできたお盆《ぼん》が置かれた。

真ん中に大きな陶器《とうき》でできたお皿があってそこに盛りつけられていたのは、

「オムレツ？」

ふんわり包まれた卵の黄色に赤いケチャップが添《そ》えられている。

「違う」

即座《そくざ》に否定されたけれど、どう見てもオムレツにしか見えない。洋食屋さんじゃない、って表情だけで否定してたくせに。

「じゃあ、オムライスだ」

「もっと違う」

「へ？」

じっと見る。緑色の和皿に、見たこともないような真っ黄色の卵、そして赤いケチャップ。窓からの光にキラキラとそれぞれの色を主張しているみたい。立ちのぼる湯《ゆ》気《げ》が鼻《び》腔《こう》をくすぐり、なんだかワクワクすらしてしまう。でも、どう見てもオムレツなんだけどな……。

首をかしげて答えを求めると、男性はあきれたようにため息をついた。

「それは、『西洋卵焼き』という朝ごはんだ」

「西洋…卵焼き……。それってオムレツでは……?」

真面目に考えて損《そん》した。ほんと、この人変わっている。

男性はいつの間にか着物の袖《そで》をたすき掛《か》けして止めていた。思ったよりも太い腕が覗いている。

「なんでもかんでもカタカナの言葉にするんじゃない」

憮《ぶ》然《ぜん》として腕を組むと私を非難してくるけれど、

「だって和風に言ってるだけでしょ。無理して日本語にしなくてもいいのに」

つい反論してしまい、不機嫌そうにうなり声をあげだした男性に気づいて口を閉じた。こうやって言いたいことをいつも口にしてしまうのは、昔からの長所でもあり最大の短所でもある。

「日本語にしているのには、ちゃんと意味がある。食べればわかる」

平然と言ってのけた男性に曖昧にうなずく。簡単には教えてくれないらしい。

それにしても、甘いバターの香りが食欲をそそる。

卵がふっくらとしていて、見ただけできめ細かい仕上がりなのがわかる。

朱色《しゅいろ》の箸《はし》がカウンターに置かれた。ナイフとフォークじゃないのも、『和』にこだわっているということか……。

そういえば幼いころは、朝ごはんのオムレツが楽しみだった。

記憶の底に沈《しず》んでいた朝の光景が湯気《ゆげ》の合間に見えた気がした。いつしか、時間に追われてコーンフレークをかきこむことが朝の習慣になってしまっていた。

「熱いうちに食うといい」

男性の声にふと、気づいた。

「あの……パンは？」

「は？」

ギロッとにらまれて口を閉じた。和食にこだわっている人に愚問《ぐもん》だった。

「主食は中に入っている」

そっけなく言われ、最後に湯呑《ゆのみ》に入った温かいお茶が置かれた。今朝は出社初日で緊張《きんちょう》していて、朝食も食べていなかったから、この香りに空腹を感じないわけがない。

どんなに悩みがあっても、お腹がすくだけまだマシなのかもしれない。匂いだけで少し気持ちが回復した気がするなんて、単純な私だ。

「いただきます」

手を合わせる私に見向きもせず、もう男性は洗い物を始めているようだった。

箸で黄色い卵に切れ目を入れると、ほわっと深い白色の湯気が立ちのぼった。

半熟かと思ったけれど、中までしっかりと火が通っているよう。お母さんの作るオムレツもこんな感じだったな、と思い出し口元が緩《ゆる》んでしまう。

ひと口大に切って口元に運ぶと、なにかが卵の中から伸びているのに気づく。

チーズかも、という予想は、口に入れて間違いだったと気づく。

「あ、お餅《もち》?」

「初めて正解したな」

お餅は私とお父さんの大好物だった。お正月だけじゃなく我が家では昔、よくお父さんが日曜日になるとお餅を焼いてくれた。トースターで焼いたお餅に海苔《のり》を巻いて醤油《しょうゆ》をつけて熱々をほおばる。私は砂糖醤油にしてもらって、それを作るお父さんの横顔を見てワクワクしたものだ。

ほわっと心が温かくなったのは、温度のせいだけじゃない。よみがえる記憶の中の温度。こんな人生最悪な日に偶然入ったごはん屋さんで、まさかオムレツの中にお餅が入っているとは思わなかったけれど、そのおかげで少し元気が出た気がした。

それに、お餅が卵とマッチしているだけじゃなくこのオムレ……いや、西洋卵焼きには細切りの玉ねぎや椎茸《しいたけ》が入っていて、おいしい。ケチャップも、よく口にするそれと違って、出汁《だし》で味付けしているみたい。先ほど言っていた『西洋卵焼き』と日本語にしている理由がわかった。

「おいしいです」

素直にそう感想を伝えるけれど、男性は、

「あたりまえだ」

と、澄《す》ましている。客が褒《ほ》めたのにそっけない人だ。

「卵に出汁が入っているんですか？」

「まあな」

そう言うと男性は、

「ナム」

と、短く発した。

「ナム？」

聞きかえした私の左側で、太猫が「なーん」と答えて背伸びをした。

「あ……この子の名前？」

ナム、と呼ばれた猫はしゅるりと席から下りると悠然とカウンターの横に歩いてゆく。私の後ろを通り過ぎるときに合った目が、なんだか挑戦的に思えて知らずにムスッとした顔をしてしまった。しっぽを振りながら歩くお尻《しり》に、オスであるシンボルの丸い球がふたつ揺れていた。

飼い主に似て愛想がないこと……。

「今日はこれな」

ぼそぼそという店主は、木べらに載《の》った魚を小さな木皿に移すと床に置いた。

「なーん」

と、答える猫に目を丸くした。なんだかおもしろい鳴き声……。

店主はため息をつく。

「文句言うな。最高級品だぞ」

「なんー」

「まぁ、おいしい部分はほとんど抜けちゃってるがな」

まるで会話をしているみたい。ようやく食べだした猫を見る店主は、意外にも柔《やわ》らかい表情になっている。さっきまでの無愛想さとはうってかわって、目じりを下げほころんだ口元は違う人にすら見えた。

じっと観察してしまっていたことに気づいて、あわてて食事に意識を戻した。

洗い物に戻る店主に、

「それって」

と、ナムがガツガツ食べている皿を指さした。

「あご、ですか？」

「ほう。あんた、あごを知ってるのか？」

少し目を大きくした店主にうなずく。

「昔、おばあちゃんがよく味噌汁《みそしる》の出汁に使ってました」

この西洋卵焼きがなつかしい味なのは、あごでとった出汁が入っているからなんだ。

「そうか」

もう店主は興味を失くしたみたいにフライパンをタオルで拭《ふ》いている。

なぜだろう？　さっきからなつかしい記憶ばかりが思い出される。

お母さんが作った朝ごはんも、お父さんのお餅も、おばあちゃんの出汁の取りかたですらも、もうずっと忘れていたのに。

おいしいだけじゃなくて、こんなにも心があったかくなるなんて不思議だった。

この朝ごはんに出逢えたことで、硬《かた》くなった感情がほどかれてゆき、ホッとしている。

副菜の温野菜は見た目ではなにかわからなかったけれど、食べてみるとそれが人参《にんじん》や大豆《だいず》であることがわかった。普段食べている人参よりも色が薄いけれど甘味は強い。大豆は、黄色に近い濃い色をしている。それらがシンプルな塩味で茹《ゆ》でてあるので、いっそう野菜本来の味を感じさせる。

「それは大和《やまと》野菜」

男性がこちらを見ようともせずに言うのでとまどった。

「大和野菜？」

初めて耳にした言葉に首をかしげると、

「昔からこの地方は大和と呼ばれているんだ。古来からこの地で育てられている野菜のことを大和野菜と呼ぶんだ。スーパーに並んでいるから見てみるといい。見た目も全然今の野菜とは違うから」

とても丁寧に説明してくれた。食材にはこだわっているようだ。だから、色が普通のとは違うのか。

「だからおいしいんですね」

止まらない箸が、卵の甘味に口元を緩めさせた。

「ちょっとは元気が出たみたいだな」

男性の声に顔を上げると、すぐそばに相手の顔があって思わずのけぞってしまった。カウンターの幅《はば》がせまいせいか、近くにいるみたいに感じる。

「さっきはひどい顔してたからな」

「顔？」

赤くなりそうな頬《ほお》を押さえながら聞くと、大きくうなずく男性。

「なにかあったんだろ？」

「えっ。なんでですか？」

人のことなど関心がなさそうな顔をしているくせに、さっきの絆創膏のことといい、実は観察力の優れた人なのかもしれない。

「さっき、泣きそうな顔をしていたから」

その言いかたが悲しそうに感じられてハッと顔を見るけれど、さっきと変わりない表情がそこにあった。

なんだか、不思議な人。

まるで私の気持ちを読んでいるみたい。

「泣くわけないでしょ。そういうキャラじゃないし」

つぶやくように言って、またオムレツを口に運んだ。何度食べてもくやしいくらいおいしい。

四月とはいえ、ずいぶん町をさまよっていたのか体が冷えていたことを、温度のある食べ物で実感した。みじめで凍りかけていた気持ちが、少しだけ溶《と》けていくよう。

「お前のキャラまでは知らん」

そっけない口調に、意地っ張りな感情がまた生まれた。

「だって、もう何年も泣いてないし、泣きかただって忘れたし」

「そうか」

「それに、そこまで悲しいことって人生でそうそう起きないものでしょ」

強がり。

言いながらわかっている。だけど、涙なんて出ない。でも……。

「そうそう起きないことが起きたってわけか」

口に入れたオムレツはまだ温かくて、じんわりと心まで温かくしてくれた。

彼が余裕《よゆう》な表情に見えて、なんだかうらやましささえ感じる。昨日までの私もこんなふうだったんだろうな。今日起きる悲劇も知らずに親友と長電話までしていた。『明日の初出社が不安』なんて言っていた友達に『すぐに慣れるよ』と、先輩さながらのアドバイスまでしていた。自分だって未経験だったくせして。

それは、もう二度と戻れない無邪気《むじゃき》さ。

現実がこんなにも厳しいことを、社会人になった今日知るなんて……。

「柏木雄也《かしわぎゆうや》」

「え？」

見ると、その顔にはやさしい笑みが浮かんでいた。

「俺の名前は、柏木雄也。ここの店主だ」

「……はい」

突然始まった自己紹介にとまどいながらうなずく。

「朝ごはんは一日のはじまりだろう？」

「はぁ」

「最初にお腹に入れるものが温かい食べ物ならば、人の心は元気になれる」

なぜだろう？　温かい食べ物が人を元気にするなんていきなり言われても素直にうなずけない。それでも、穏やかな話しかたに不思議と耳を澄ましてしまう。そうかもしれない、なんて半分受け入れている自分が不思議だった。

そんな私に、柏木雄也は目を細めてうなずいた。

「温かい食材で、人間は自《みず》らを癒そうとするんだ」

「あ、それって自然治癒力？」

そうだ、と言わんばかりのやさしい目。さっきまでのぶっきらぼうさは影をひそめ、まるで先生のように思えてしまう。

「温かい料理を食べて少し元気になった気がすることがあるだろう？　それが……ええと、名前は？」

「南山《みなみやま》……南山詩織《しおり》、です」

促《うなが》すような言いかたに名前を告げていたのは、自然な流れだった。

「今の詩織のことだ」

いきなり呼び捨て？　と心の中で抗議《こうぎ》するけれど、言葉にはできずに視線を落としていた。それくらい、雄也の言葉は今の私を表していると思ったから。

「放っておいても解決できることなら、人はそんな顔をしない。偶然出逢ったのもなにかの縁《えん》だと思えるなら、温かい料理を食べて悩みをここに置いていけばいい」

悩みを置いてゆく？

まるで忘れ物みたいに？

突拍子《とっぴょうし》もない提案だ、ってわかっている。それでも不思議と、彼の言葉はすとん、と心に落ちてくる。

「人に話すことで解放される苦しみもあるかもしれない」

そう言う雄也の顔が、なぜか悲しく見えた。

ひょっとしたら彼も悲しい思いを抱《かか》えている、と感じるのは私の思い過ごしだろうか？

「私……」

気づけば、自分の意思で口を開いていた。

「自分の人生はうまくいくものだ、って思っていたの。奈良に引っ越してきたときも、昨日までは希望しか感じていなかった」

「今日は入社当日だったんだろう？」

雄也の言葉に驚いてぽかん、としてしまう。

なんでわかるの？

疑問が顔に浮かんでいたのだろう。雄也は、「わかるさ」と肩をすくめる。

「時計もカバンも新品そのものだからな」

「すごい観察力だね」

「まあな」

短く答える雄也に自嘲《じちょう》気味に笑うしかない。

「大きな会社に就職が決まって、いよいよ今日から新しい人生が始まるって思ってた。学生気分を忘れて、新入社員としての心構えだってできていたの」

今朝までの私ははたから見ても幸せそのものだった、と思う。

手首でピカピカ光っている時計の盤面が少し翳《かげ》って見えた。就職が決まったときにお父さんが買ってくれたものだ。カバンはお母さんからのプレゼント。

『初任給が出たらおかえしするね』、そう笑ったのがずいぶん昔のことに思える。

「……なのに」

言葉にかぶせるように今朝見た光景が脳裏《のうり》に広がった。

思い出したくないシーンがまた頭の中で繰りかえされる。

「今日会社に行ったらたくさんのテレビカメラがいたの。スーツを着た人たちがわめいたり泣いたりしてた。みんな自分のことに必死で、新入社員の私のことなんて気にもとめてなかった」

「会社がつぶれていたのか？」

少し目を開いた雄也にうなずいてから、一生忘れられないであろう今朝の出来事を思い出した。

会社の入口の自動ドアに群がる人々は、そこに貼られた紙に書かれた文字を食い入るように見ていた。小さく見えた『倒産』の文字の意味を理解するまでにずいぶんかかったような気がする。そこからはおぼろげな記憶。

誰かが私に文字がずらりと並んだ書類を渡している映像。隣で泣き崩れる知らない人の声。

断片的《だんぺんてき》な記憶はつながらず宙《ちゅう》に浮かんでいる。

夢のように思えたそれは紛《まぎ》れもなく現実に起きたことだった。

だけど、涙は出なかった。

泣いてもなにも変わらない。

泣いても悲しみは去ってくれない。

「それで倒産したことを知ったんだな」

「気づいたらここに迷いこんでいてベンチに座っていたの。社会人になった日に無職になるなんて、ほんとバカみたいだよね。笑っちゃう」

だけど雄也はゆっくりと首を振るから。

そうして、

「笑わないさ、誰も」

そんなことを言うから。

ツンとした痛みが鼻に生まれ、気づくと視界がぐにゃっとゆがんでいた。

止まれ、涙。

泣いたってなにも変わらないのに。

それなのに。

「たくさん歩いたんだな。新しい靴が汚れてしまったな」

雄也の言葉に、一気に涙があふれた。大きなしずくはすぐにスーツに落ちて濃い染みを広げた。

「泣いたほうがいい。自分の悲しみに蓋《ふた》はしないほうがいい」

「でも、でもっ」

ボタボタとこぼれる涙は悲しみを体から逃がしてゆくよう。息を激しくしながら、やっと気づいたんだ。

今日、私はずっと泣きたかったのだ、と。

泣いても泣いても枯《か》れない涙。まるで心が叫んでいるみたい。声を出して泣き続ける私を、雄也は黙《だま》って見ていた。


——どれくらい泣いたのだろう。

ようやく息をうまく吸えるようになった私は、不思議と心がすっきりしていた。重荷をおろせて軽くなったような気持ちには我ながら驚いた。さっきまでの悲惨《ひさん》な気持ちは影をひそめ、いつものように気楽さが顔を出している。

そうだよ、なにも死ぬわけじゃないし。

でも新入社員、というカタガキは二度と使えないんだよね……。それでもいい。中《ちゅう》途《と》採用でも、仕事があるだけで幸せだということを学べたのだから。

「ありがとう」

素直に言葉にして雄也の顔を見た。あんなに意地悪そうに見えた顔も、なんだかやさしく見えるから不思議。目の前の雄也が、悪い人でない、ってことがわかった。

あいかわらずなかなか笑顔は見られないけれど、穏やかな口調とおいしい料理が私の心を癒してくれた。

「ああ、最後のひと口がもったいない」

なごり惜《お》しく西洋卵焼きを口にほうりこんで、ゆっくりかみしめる。

「そんなに気に入ったのか」

まんざらでもなさそうな雄也が言うので、思い出す。

「昔はね、『卵屋さんになる』って言い張るくらい、お母さんの作った卵料理が大好物だったの。オムレツもそうだけど、プリンとか茶碗《ちゃわん》蒸しとかも好きだったんだ。実際、卵屋さんが卵料理を作るわけじゃないのにね」

バカにされるかと思ったら、雄也はきょとんとした顔をしていた。

そして、自然と笑っている自分に気づいた。

これが彼の言う自然治癒力なのかもしれない。

雄也は、「そうか」と言うと、なぜかため息をついた。

「どうしたの？」

やっぱりあきれているのか、と心配になって尋《たず》ねると軽く首を振った。

「いや、昔同じことを言っていた人がいたな、って思い出してた」

「卵屋さんになりたい人がいたの？」

「まあな」

いくら私でもわかる。

そう言った雄也の表情は、なつかしそうではなく悲しそうだった。さっき見せた色を落とした目をまたしている。

が、次の瞬間またさみしく笑う。

「もう昔の話だ」

言葉に窮《きゅう》し、私はお茶を飲み干した。お水のせいか、渋みがまろやかで飲みやすかった。

「このお店は全部がおいしいね」

お茶をつぎ足してくれた雄也が鼻で笑った。

「あたりまえだ」

「ふふ」

彼のこういうツンデレにも慣れてきた私。

「なんだか、不思議。初めて入ったお店でこんな身の上話をしているなんて」

「言ったろう？　お腹に温かい食べ物が入ると人は元気になれるんだよ」

「じゃあ、これも自然な流れってこと？」

「まあ、そういうことだ」

そうしてから、腕を組んだ雄也と目が合った。

そろそろお会計をした方がいいのかな。

カバンに手を伸ばした私に、雄也の声が聞こえる。

「明日からどうするんだ？」

「まぁ……。ハローワークに行って、地獄《じごく》の就職活動の再開をするしかないよね」

財布の中身を見て、ふと気づいた。

ここのごはんの料金を結局聞いていない。

「いいよ」

「え？」

「代金はいらん。まかない食みたいなもんだから」

たしかに今日から無職になるわけだし、タダにしたことはない。

でも、どうして？

うれしさよりもとまどいで不安になる私に、雄也は「なぁ」と言った。

しばらく口をへの字に結び、なにかを決心したように再び口を開いた雄也が言う。

「自然な流れをもうひとつ提案していいか？」

断る理由もないので、うなずくと彼は言った。

「明日からここで働かないか？」

「は？」

思ってもいないような提案に目を丸くした私に、雄也は肩をすくめた。

「どうせ仕事を探さなくちゃならんだろう？　決まるまでの間でもかまわないから、ここで働くといい」

「ちょ……」

「朝は早いがそのぶん終わりも早い。仕事のあとでも就職活動はできるだろう」

勝手に進んでゆく話に、

「待って、待ってよ」

あわててその流れをせき止めようと右手を上げた。

「なんだ、不満か？」

まるでもう決定事項のようにいぶかしげな顔まで作る彼は、やっぱり変わっていると思った。

「あ、あの……。だって、そんな急な話は」

「ゆるやかな話なんてものはない。提案はいつだって突発的だ」

哲学者めいたことを口にする雄也に首を何度も横に振った。

「でも急には決められないよ」

「なんで？」

本当に意味がわからない、という表情で聞きかえす雄也の目を見ていると、なんだか『それも悪くないか』なんて思ってしまいそうになる自分がいた。

だけど、あまりにも急展開すぎる。

「そもそも私たち、初対面でしょ？　そんな人をなんで雇おうと思えるの」

尋ねる私に、雄也はゆっくりと笑みを浮かべた。

そうしてから彼は言ったのだ。

「卵好きに悪い人はいないからな」

と。


バスを降りてアパートに戻ったころにはとっくに昼を過ぎていた。安アパートの錆《さ》びた階段を上ると一番奥が私の部屋。住み始めて数日しか経っていないのでさすがにまだ慣れないけれど、パンプスを脱ぎ捨てたとたんにどっと疲れが押し寄せてきて、そのまま絨毯《じゅうたん》に倒れこんだ。

スーツのシワも気になるけれど、今はただ横になりたかった。

放り出されたカバンに春の光がむなしく当たっている。

「……これからどうしようか」

泥沼《どろぬま》から這《は》い上がるように起きようとしても力が入らず、右手を伸ばしてカバンをずるずると引き寄せた。中にある書類を取り出す。

たしか、会社の人が渡してくれたような記憶があった。そこには、【失業給付金について】という題字が記してあった。

普通、会社が倒産した場合は、すぐに失業給付金が支払われるらしいが、一度も働いていない私に支給されるとは思えない。つまりは完全なる無職。

「はああ」

何度目かのため息に、体が絨毯と同化してしまいそうな気分。このまま溶けてしまえばいいのに。

仰向《あおむ》けになってガラス越しの空を見上げる。朝見た雲はどこにもなく、快晴の青空がそこにはあった。

なんだかひとり取り残されたような気分になる。

それでも絶望感は少し癒されたようで、もうお腹は苦しくなかった。

「……柏木雄也」

今日出逢った人の名前をつぶやく。

不思議な人だった。

最悪だった今日という日が、雄也との出逢いで落ち着いたのはたしかなこと。

それに、人前であんなに泣いたのも初めての経験だった。

ぶっきらぼうな人だったけれど、時折見せるやさしさはなぜか自然に心に入りこんでくるようだった。

『ここで働かないか』という彼の提案に、私は『ええ？』と驚くしかできなかった。そんな私におかまいなしで、雄也は言っていた。『働く気があるなら明日の朝六時までに出勤してくれ』と。

たしかに仕事が決まっていない現状では渡りに船だけど……今日いきなり失業して、明日から急にここで働け、と言われても心の準備ができない。

迷っている理由をあげるならば二つある。

一つ目はバイト暮らしなんかでは親は納得しないだろう、ってこと。収入が見こめない仕事でひとり暮らしが継続できるとは思えない。

二つ目は、総務部に配属されるはずだった私が、料理屋で働くのはあまりにも方向性が違う、ってこと。たしかに料理は嫌いじゃないけれど、職業にするほど興味がある分野ではないし。

それにあの場所にまた迷わずに行けるか自信がない。あ、これじゃ三つになっちゃうか……。

「どっちにしてもやっぱり無理だよね」

明日はハローワークに行ってこの先のことを相談してみよう。ひょっとしたらなにか道は残されているのかもしれない。入社した日に倒産してしまうような悲劇に見舞われた若い子を、ほったらかしにするような社会でないことを祈《いの》りたい。
とりあえず明日になるのを待って考えるしかない。
……明日か。
むくっと起き上がると、腕時計の時間を確認する。まだハローワークは開いている
はず……。疲れたついでにこのまま行ってしまおうか？
一日でも早く動いたほうがいい気がする。
そんなことを考えているとカバンが震えだした。バイブ機能にしていたスマホが鳴
っているらしい。
画面には、
「げ……」
光る【お母さん】の文字。しばらく眺めていると留守電になったらしい。
が。
ブーンブーン、と小刻みに再び震えだす。こんな時間に何度もかけてくるなんて、
もう倒産のことを知っているとか？
「まさかね」
つぶやきながら耳に当てた。
「もしもし」

『詩織！』

すごい音量が襲ってきて思わずスマホを遠ざけた。

「聞こえてるよ。どうしたの？」

『どうしたの、じゃないわよ。詩織の詩織のっ、かい、会社がっ』

……悪い予感は見事的中したらしい。相当混乱しているお母さんはオロオロした様子で動き回っているんだろうな。

小さくため息をついてから、

「倒産しちゃった」

思っていた以上に明るい声を出していた。そうすればお母さんの心配を少しはやわらげることができるかもしれない、と思ったから。

『なにのん気なこと言ってんのよ！　どうするのよ、倒産なんて大変なことよ』

子供のころはよくこんな金切声をあげていたっけ。最近は怒られることは少なくなり、ターゲットはお父さんになっていたけれど。

親元を離れてたった数日なのに、なんだかなつかしささえ感じてしまう。

「なんで知ってるの？」

『テレビはさっきからそのニュースばかりよ！　ああ、もうどうすればいいのよ』

買ったばかりのテレビをつけると、時代劇が流れていた。音量を絞《しぼ》ってからチャンネルを変えると、今朝立ち尽くしていた会社の入口が映っている。たしかにあの場所にいたはずなのに、画面を通じて見るとなんだか知らない場所のよう。

『巨大な責務《せきむ》、突然の倒産』と仰々《ぎょうぎょう》しいテロップの向こうでは、真剣な顔のリポーターが必死で口を動かしている。

でも、どうせ他人事なんだろうなあ。世間を揺るがすであろう大きな会社の倒産も、話しているリポーターや司会者も見ている大半の人ですらも、違う世界で起きている次元のひまつぶしにしかならない話題。

『ちょっと聞いてるの!?』

再びの大声に意識をお母さんに戻した。

「聞いてるよ。でもどうしようもないでしょう。もう倒産しちゃったんだから」

『そうだけど、お父さんになんて説明するのよ。それに近所の人にも』

少し落ち着いたらしい声の意味するものは、結局それなんだな。

「また仕事探すから」

『あんたはなにをのん気に……』

言葉を失ったお母さんは、荒い息を繰りかえすと、

『すぐに戻ってきなさい』

低い声で断言した。

「戻る？　戻ってどうするの？」

『あの会社に就職できるからこそひとり暮らしを許したのよ。もう奈良にいる必要はないじゃない。戻ってこっちで仕事を探しなさい』

言っていることは正しい、と思った。それに気分的にも経済的にもそのほうがいいことも。

だけど、私の口は、

「戻らないよ」

意思とは反対の言葉を放っていた。言った私がいちばん驚いている。

『え？』

信じられない言葉だったのか、お母さんの間の抜けた声を聞いていると、なんだか自分の気持ちが固まってゆくのがわかった。そう、帰りたくない。

『社会なんてそんな甘いもんじゃないの。せっかく大手の会社に就職できたのにダメになっちゃって、それだけでも恥ずかしいのにこれ以上ワガママ言わないでちょうだい』

窓の外に丸い雲が顔を出した。青と白のコントラストがなぜか美しく見えた。電話の声は非現実で、ここにいる私が現実。

可能性はまだ残されている、と思えた。

『詩織、聞いてるの？　なんとか言いなさい』

　ここにいたい、と思った。

『詩織！』

「そればっかだね」

　静かにそう言うと、お母さんの、

『は？』

　怒りの声が耳に届いた。

『なんのことを言ってるの？　詩織、あのね』

「お母さん、私の気持ち少しでも考えてくれた？　もしそうなら、出社初日に会社が倒産してしまった私のことを心配してくれるはずでしょう？　ひと言でもそういう言葉かけてくれた？」

『…あっ、あのね』

　胸が苦しかった。だけど、言わなくちゃダメだと思った。お母さんが悪いわけじゃない。ただ、まだ帰るには時期尚早《しょうそう》だと思うから。

「お母さん、ごめん。お母さんの気持ち、わかっているつもりだよ。責めているわけじゃないの」

『……』

「でも私、もう少しここにいる。一カ月してダメなら帰るから。それまではまだここにいさせてほしいの。ごめんね」

そこまで言うと、衝動的《しょうどうてき》ともいえる早さで『通話終了』のボタンを押した。すぐに電源を切ると、スマホをカバンにしまった。

音のなくなった部屋で、まだテレビでは会社が倒産した経緯をフリップにして話し続けているようだ。

あんなふうにお母さんを責めるなんて間違っていた、と思った。だけど、どうしてもまだ帰りたくなかったから。がんばって現状を打破して、それでも無理ならきちんと謝ろう。

もう一度窓の外に目をやると、まだ丸い雲はそこにふんわり浮かんでいた。

なんだか、少しだけ気持ちがすっきりしている私がいた。

ハローワークに行く、って昨日までは決めていた。

それは朝、目が覚めたときも同じ気持ちだった。バスに乗って奈良駅まで行って、乗り換えればすぐに着くこともスマホで調べていた。

担当の人に、この先のことを相談してなにか仕事を見つける。ちょっとくらい希望と違う仕事でも、今はこのひとり暮らしを維持《いじ》することが最優先事項なのだから。

あんなことがあった夜だから眠れるか不安だったけれど、やることもないので早々に寝てしまった。びっくりするくらい深く眠ったらしく目覚めがいい。

「昨日泣いたからかな」

しっかり閉めたカーテンから、まだ空の色は見えないけれどきっといい天気だろう。いや、確信はないけれどせめて天気だけでも良くあってほしかった。

ハローワークは混んでいそうだから、さっさと着替えて向かうことにした。

一瞬だけ雄也の顔を思い出したけれど、見なかったことにして準備を急ぐ。

「ふん」

鼻息も荒く布団《ふとん》から起きた私の目に入ったのは、まだ片づけていない段ボールと、その上に置いた時計だった。これもきちんと箱から出してしまわないとね。

じっとデジタルの表示を見る。

「あれ……」

どう見ても四時半と光っているように思えた。布団から出ると、さすがにまだ少し寒い。カーテンを少しだけ開くと、夜の空が頭上に広がっていた。遠くに紫色に塗られた空のふちが美しく光っている。

どうやら早く起きすぎたらしい。

しばらく明けてゆく空を眺めていたけれど、とりあえずスーツに着替えた。

軽くメイクをすると、昨日のカバンをそのまま手に持って玄関を出た。薄い扉を開けると、まだ暗い町にいくつか部屋の電気がついている家が見えた。

こんな時間にハローワークが開いていないことくらいわかっている。

カンカンと、金属の階段を打ち鳴らすように下りると、道路に面した駐輪場の前に立った。

そこで一瞬だけ迷いが生まれた。

……私は、なにをしようとしているの？　どこへ行こうとしているの？

自転車の鍵を解除しながら自分に問いかける。大学のときに通学に使っていた自転車を持ってきて正解だった。

「バスがまだ走ってないから仕方ないよね」

言い訳をするようにまたがると冷たいサドルに背筋が伸びるよう。そのまま明け方の町にペダルを踏んだ。

すぐに生まれる風を後ろに流しながら、だんだん軽くなるペダルを感じて走る。背中には夜を背負って、遠くに見えそうな朝に向かって進むうちに、悩みも溶けてゆくように思えた。夜を切り裂《さ》きながら感じる風は、この上なく気持ちが良かったのだ。

人間は複雑なようで意外に単純なのかもしれない。

もう、ごまかすのはやめよう。

私は今、雄也の店を目指して走っている。

単に早く目が覚め、ハローワークに行くまでには時間があるからだ、という言い訳を引っ提げて自転車をこいでいる。

バスに乗っていると長く感じる時間も、奈良駅まではあっという間だった。ほのかに明るくなってきた駅前の東向商店街はシャッターも閉まっていて、観光客の姿も見えない。アーケードに響くのは、私の自転車のタイヤが回転する音だけ。

途中で左に曲がると、そこは猿沢池《さるさわいけ》の辺り。早朝に出発するのか観光バスがエンジンを吹かせて停まっている横をすり抜ける。

「さて、ここから……」

記憶を頼りに右へ左へ。

見つからなかったら帰ればいいや、という気持ちだったはずなのに、いつの間にかどうしてもたどり着きたくなっていた。

朝は秒単位で気配を覗かせ、景色も明るくなってきた。ふと、気づくと古い家が並んでいる『ならまち』にたどり着いていた。

【奈良町通り】という看板が電柱ごとに掲《かか》げてあったけれど、昨日歩いた場所と同じなのか自信がない。

「奈良町通り……」

うっすらとぼやけている記憶のどこかで、この名前を見た気がする。

その通りを走っているうちに、見覚えのある角に差しかかった。

手前には【ならまち史料館】と筆文字で書いてある木の看板が掲げられた建物があった。

「ここ、通ったような……」

たしか、ここで右の脇道に入ったんだっけ……。自信がないまま右に折れると、

「あれ……」

自転車をおりて電柱を見上げた。曲がった細道にも【奈良町通り】って書いてあったから。

振りかえると、広い道のほうにもデザインは違えど同じ名前を記した電柱がある。

「奈良町通りっていくつもあるもんなの？」

つぶやきながら自転車にまたがろうとしたとき、細いほうの道の先に見覚えのある茶色のお尻が見えた。

「あ……」

思わず出た声に、振り向いた猫は昨日雄也の店にいたナムに見える。そのまま三秒ほど見つめ合っていたけれど、ナムと思われる猫はプイと顔を背けて歩き出す。

「待って！」

自転車を押しながら追いかけるけれど、逃げる気配もなく優雅《ゆうが》に歩いている。しばらく一定の距離を保ってついてゆく。

細い道をさらに右に曲がると、そこにもある【奈良町通り】の看板。まるでこの辺り一帯が同じ通りの名前であるようにどこまでも続いている。

……それにしても。

右へ左へ大きなお尻を振りながら歩くナムを見て、無意識に笑みがこぼれていた。まるで自分の町であるかのように堂々と真ん中を歩いている。

「猫はいいなぁ」

好きなところを好きなように歩いて過ごせるのだから。私なんてこれから仕事を探しに行かなくちゃならないっていうのに。

「なーん」

前を向いたまま鳴くナムは、本当に言葉がわかっているみたいで不思議。

やがて【奈良町通り】の看板はなくなり、車一台通れるかどうかという細い道の先に見覚えのあるベンチが見えてきた。

昨日来たばかりなのに、すでになつかしい感じがするのはなぜだろう。でもわかることがひとつあった。

ここにまた来たかったんだ、ってこと。

もちろん就職するつもりはないけれど、たまには朝ごはんをここで食べるのもいいかもしれない。

ナムに続いて開いた引き戸から中に入ると、

「遅い」

不機嫌な声が聞こえた。

これさえなければもっといいお店になるのに。厨房の中、仁王《におう》立ちで立っている柏木雄也は太い眉を寄せて私をにらんでくる。

「遅くない。まだ開店時間じゃないもん」

腕時計は六時ちょっと前を指している。

「五時五十分に出勤しろ、って言ったろ」

「そこまで詳しくは聞いてないし。それに今日もお客さんとして来たの」

なつかしいような魚の匂いがしている。これは出汁の香りだろう。

ここでの食べ物の香りを感じたかったんだ、と思ったのはなぜだろう。

ひょっとしたら、朝起きたときから、私はここに来たかったの？

昨日座った席に腰かけようとする私に、雄也はうなり声をあげた。犬みたい。

今にもかみついてきそうな顔をしているけれど、私にだって言い分はある。

「だって、飲食店で働いたことないし、昨日の今日ですぐに働ける自信ないし……」

文句を言いながら、だけど私の心はこの場所を求めているような気がしてくる。

それは昨日、雄也と話をしていたとき、生まれて初めて素の自分になれた気がしたからかもしれない。

でも、素直になれないのは『倒産』を経験した私が、疑うことを覚えてしまったからなのかも……。

そんな私に雄也は「ふん」と、鼻息を吐く。

「無職で悲しい、って泣いてたのはどこのどいつだ」

ぐ……。言葉につまったけれど、

「心の準備ってものがあるの」

と、言いかえすと雄也はしばらく黙って私を眺めてくる。

そうだよ、バイトなんかじゃとても暮らしていけないんだから。

鼻から息を吐いて、言い合いの勝負に勝ったことを確信するけれど、雄也はひょいとかがんでから一枚の紙を私の前に置いた。

「なにこれ?」

見ると毛筆の字でいろいろと書きこんである。達筆すぎて一文字ずつしっかり見ないと読み取れない。

「心の準備に必要なものだ」

キッとにらんでも用紙に書かれた文字が気になってしまい、そのまま目線を紙に戻す。どうやらこれは、雇用条件《こよう》が書かれている紙のようだ。

「えっと……え？　【株式会社ならまちはずれ】って？」

何度見てもそう書いてある。これは……。

顔を上げて雄也を見るともう料理に戻ってしまっている。

「ここって株式会社だったの？」

「一応、な」

へぇ、ちゃんとした会社だったんだ。

【代表取締役】の欄《らん》には柏木雄也の名前が。

そして、その下の【役員】の欄に柏木穂香《ほのか》という名前があった。ちらっと雄也を見るけれど、彼はせっせと作業をしていて気づいていない。

もしかして、これって奥さんの名前かもしれない。まぁぶっきらぼうだけどそれなりにイケメンだし、結婚してても不思議はないよね……。

ふと昨日『もう昔の話だ』と言っていた雄也の悲しい顔が重なった。ひょっとして……離婚しているの？

「って、どうでもいいじゃん」

ぷるぷると首を振って他の項目を見ていると、【雇用契約：正職員】と記載してある。

「アルバイトじゃないの？」

文字から目を離さずに尋ねる私に、

「なんだ。アルバイトが良かったのか？」

雄也の声がしたので首を横に振った。

「正社員……」

でも給料とかはどうなっているんだろう？　文字を追ってゆく指がはたりと止まった。

【給与《きゅうよ》：年齢×一万円】と記してある。

「年齢、ってなによこれ」

「そのまんまだ。毎年一万円あげてやろう」

そんな雇用条件聞いたことがない。でも悪い条件ではないのかも……違う、流されてどうすんのよ。冷静になって、店内を改めて見回す。

「こんな小さなお店に従業員がいてもいいの？」

普通に考えたら赤字経営になりそうなもんだけど。

「俺はどうしても買い出しとかで店を空けることも多い。料理はきちんと教えるから考えてみろ」

さっき漂っていた匂いが強くなっていた。味噌汁の香りもそれに合わさっている。ここの料理はすごく香りが強いんだ、と今さらながら気づいた。

普通、いくら厨房が近くてもこんなに食べ物の匂いを感じたりはしないから。食べ物の香りってすごく人を落ち着かせるんだな。こういう空間で仕事ができるなら、ひょっとしたら幸せなのかもしれない。

「これ食ってから考えろ」

お盆に載せられた朝食が目の前に置かれた。

たくさんの白い湯気が香りをまといながら宙で踊っている。

「うわぁ」

感嘆《かんたん》の声は意識せずとも勝手に出ていた。

白いごはんはコーティングされているかのように輝いているし、主菜の煮物は、筍《たけのこ》やつみれ団子が出汁の色に染められている。

添えられた出汁巻卵は真ん中に明太子の鮮やかな赤色が顔を出していた。

まるでこの食事自体が光を放っているかのように明るく見える。

「すごくおいしそう。いただきます」

手を合わせて箸を手に取ってから気づく。

「あの……。これって値段は？」

「まかない食だから気にするな。味見の意味もあるしな」

「働くとはまだ言ってないよ」

そう言いながらも、あまりに食欲を刺激する香りにノックアウト寸前。

早く食べたい……。

「じゃあ、実際にお客さんはいくら払うの？」

昨日は支払わずじまいだったから値段を知る由《よし》もなかったし。すごく高くても納得できるほどの味だったから。

雄也はチラッと私を見てから、

「五百円」

そっけなく言った。

「そんなに安いんだ。毎日同じ値段で？」

「まあな」

へぇ……。意外に良心的な価格なんだな。

「その代わり、メニューは『日替わり朝食』のみだけどな」

「そうなんだ」

湯気の奥にあるつみれ団子に箸を入れると、さらに小さな湯気が生まれる。口に入れた瞬間においしい、と脳が判断した。

「おいしいね、これ」

「あたりまえだ」

それでもうれしそうな顔を一瞬したのを見逃さなかった。なんだかかわいいな。

って、ほだされてどうするのよ。とにかく考えないと。

雄也の書いた紙を見る限りでは給料はそこそこ。勤務時間は六時から午後三時まで。残業は一切なし。

まぁ、早起きは得意だし土日は定休日で休み、さらには月に一回好きに休めるらしいから条件はいいかも。

「でも、私、料理そんな詳しくないよ？」

最後の味噌汁を飲み終わって口にした私。もう答えを言っているようなものだ。

お茶を入れ替えてくれながら雄也は、ふっと鼻から息を吐いた。

「最初からできるやつなんていない。ここで勉強すればいい」

なんでもないような言いかたが迷っている心を押した。

「……うん」

うなずく私に雄也は筆ペンを差し出してくる。

「え？」

「サインをする前に、この店のことを知ってほしい」

受け取らない私に、雄也は筆ペンを私の目の前に置いた。

「この店は、朝ごはんしか提供しない店だ。朝ごはんは、新しい一日を生きてゆくための、はじまりのごはんだから」

「新しい一日を生きてゆくための、はじまりのごはん？」

雄也は軽くうなずいてから私を見た。

「たとえ、悲しい出来事があったとしても、うちの朝ごはんを食べて、昨日をリセットしてほしいんだ。悲しい出来事は人の心を縛る。朝を迎えても昨日から続く苦しみを引きずるやつもいる」

「うん……」

それはなんとなくわかる気がした。気持ちを切り替える方法なんて、自分でもわからない私だから。

「だけど、朝は誰にでも訪れる。そんな人たちに、温かい朝ごはんを食べて、新しい一日を過ごしてほしい。昨日の悲しみや悩みはここに置いて行って、また一からやり直してほしい。ここでリセットをする手伝いをしたいんだよ。そういう思いで作った店だ」

「料理はどれも温かいものだったよね？」

私の質問に雄也は「そうだ」と答えた。

「朝から体の冷えるものは出さない。すべてできたての熱々の料理を提供したいからこそ、客は一度に四組しかとらない」

今朝も左端の席を陣取《じんど》っているナムは動く気配がないから、実質三組が限度だろう。

「人は弱い、と思う。ゆえに道に迷ったり立ち止まったりしてしまう」

昨日の自分を思い出して、少し気持ちが重くなった。

あのとき、この店に来なければ、今朝こんなふうに前へ進めただろうか。

いや、きっと今でも現実を受け入れられずに悩んでいたことだろう。

「ならまちのはずれにあるこの店で俺は、迷ったり道からはずれた人たちの背中を後ろから押してやりたいんだ。重い荷物をその肩からおろしてやりたい」

もう私は、彼の目を見ていた。

「でも……」

「昨日も言ったろ。温かい食事を食べて、悩みをここに置いていってほしいんだよ」

雄也の話す言葉はどうしてこんなにストレートに胸に響くんだろう。

それは私も雄也に背中を押されて歩き出したからだろうか。

「それって、〝人生の応援団《おうえんだん》〟みたいなもの？」

そう言うと、雄也はおかしそうに目を細める。

「たしかにそうかもしれん。俺は、その人にとっての今日が新しい一日であってほしいっていう気持ちを、料理を通じて応援しているのかもな」

私も笑っていた。

迷いがひとつの答えに向かって進むのを感じた。

「俺はぶっきらぼうで愛想もない。それでもよければ、一緒に働かないか？」

「どうして、私……なの？」

たった一度会っただけで、なんにも知らない私なんかをどうして？

「さあな」

「ぶ」

あっけなく言う雄也にずっこけそうになった。

「ちょっと、それはないでしょう。そんな簡単な理由でいいの？」

これから一緒に働こうっていうのに、採用する理由もないなんて。

「いいじゃないか。これから知っていけばいいんだし」

雄也は笑った。彼の白い歯を初めて見た私は、驚きのあまり固まってしまう。

手元の契約書に目を落とした。

あの朝ごはんから、なにかが変わり始めている。

それは私の心かもしれない。

ペンを持つと、迷いなく自分の名前をインクに託《たく》した。

奈良のど真ん中に位置する奈良市、その観光名所である『ならまち』のはずれの名前もない朝ごはん屋。

ここで、今、私の〝新しい一日〟が始まった。

卵の中からお餅がとろ〜りっ

Recipe1

はじまりの西洋卵焼き

材料（二人前）

- 卵……………… 3個
- 玉ねぎ……… 20g
- 椎茸………… 10g（1個）
- 切り餅……… 30g（半個）
- 牛乳………… 15cc
- 生クリーム… 5cc
- トマトケチャップ… 大さじ2
- 粉末だし…… 小さじ1×2
- バター……… 適量

作りかた

1. 薄く切った玉ねぎ・椎茸を塩コショウで炒めておく
2. 卵・牛乳・だし・生クリームを入れて混ぜる
3. バターをひいたフライパンで❷を焼く
4. 1cm角に切った餅をレンジで30秒加熱する
5. ❸に火がとおってきたら❶と❹を乗せてから包む
6. お皿に盛りつけ、だしを混ぜたトマトソースをかけて完成

第二話　思い出おにぎり

東京では最近見なくなったツバメが、奈良の空を切るように飛んでいる。

座っているベンチの隣では、さっきからナムが気持ちよさそうに寝ていた。この一週間でだいぶ慣れてきたみたいで、近くに寄ってくれるようにはなっていたが、まだおさわりはNGらしく、なでようとすると瞬時にそれを察知《さっち》し、逃げられてしまうけれど。だいぶとがっているように見える足の爪《つめ》を切ってあげたいけれど、さわらせてももらえないんじゃまだまだ先の話になりそう。それでも少しずつ受け入れてくれているみたいでうれしいこのごろ。

「ナムから見た空は私のよりももっと高いんだよね？」

尋ねると少しだけ片目を開けてからまた眠ってしまう。

ほんと、抜けるような青空。

奈良にも梅雨はあるのかな。盆地だからそこまで雨は降らないのかもしれない。

さっきから軒先《のきさき》でえんどう豆の筋をとっている私。なかなか手早くはできず悪戦苦闘《あくせんくとう》してしまっている。お手本の雄也は手際《てぎわ》良くできていたのにな。

この野菜の正式名称は『碓井《うすい》えんどう』というらしい。この間雄也が言っていた大和野菜の一種なのかもしれない。見た目は普通のえんどう豆に比べると薄い緑色だが、ぷっくりと膨れた豆は大粒で存在感があった。それにしても、途中で筋が切れてしまうのはなぜなんだろう？

「おい、まだか」

顔を出したのは師匠《ししょう》である店主の雄也。今日も茶色の着物姿で仏頂面《ぶっちょうづら》を隠そうともしない。

「この着物、ほんと動きにくいよね」

私に与えられた着物はえんじ色。慣れないたすき掛けをしているせいで背中が突っ張って、なんだか操り人形のように感じてしまう。うまくできないのはきっとこれのせいもある。

「アホか。それは着物じゃない。作務衣《さむえ》って言うんだ」

「作務衣？」

「むしろそれより動きやすい服があったら教えてほしいくらいだ」

言うだけ言って首を引っこめてしまう。

はいはい、わかりましたよ。急いでやりますから。

朝の光がならまちを照らしている。出勤のときは空も薄い紫色だったのに、あっという間に青色に塗り替えられている。

もうすぐ開店時間の六時になる。

「もう一週間か」

つぶやいてみるけれど、ナムはあいかわらず知らん顔。

ここで働き始めて七日間も過ぎたなんて信じられない。働いてみてわかったのは、このお店は常連さんで成り立っているらしく、ほぼ一見《いちげん》さんはいないってこと。それもそのはず、看板を出していないからだ。私がそうだったように、ここが店だとは普通思わない。

私の仕事はお茶出し、それにお会計。簡単な調理もやり始めてはいたけれどまだ練習段階だから味つけはしてないし、時期尚早だとも思う。

覚えることは次から次にあって大変だったけれど、意外に楽しんでできている自分がいる。

——キイ。

ブレーキ音が聞こえ左を見ると、常連さんのひとりが自転車をとめるところだった。

「夏芽《なつめ》ちゃんおはようございます」

カゴを持ったまま立ち上がると、夏芽ちゃんもカバンを荷台からおろして、

「詩織さんおはよう」

と、いつものように明るい声で言った。おそらく最年少の常連客である夏芽ちゃんは、中学二年生。毎朝ここで朝食をとってから学校に行くらしい。普通なら家でごはんを食べそうなものだけれど、詳しい事情は知らない。あたりまえのように毎朝やって来て、『行ってきます』と爽《さわ》やかに去ってゆく。

「なにそれ、絹さや？」

ボブの髪を揺らしながら竹かごを覗きこむ夏芽ちゃんに、

「おしい、これは大和野菜の碓井えんどうです」

と、知ったかぶりの知識を披露《ひろう》する。

「詩織ちゃんこそおしい。碓井えんどうは大和野菜じゃないよ。奈良で昔から育てられているけれど、分類はただの野菜だよん」

「え？　そうなんですか？」

昔からある野菜なら大和野菜だろう、と思いこんでしまっていた。まぁ、まだ来て早々の私だから仕方ない。

ひとりで納得している私に夏芽ちゃんは「しょうがないよ」と、笑う。

「どちらも奈良特有の野菜だし、それが正式に大和野菜と認められているかどうかの違いだからさ。他県から来た人は同じに思えちゃうよね。碓井えんどうも有名だけれど、あたしも見たのは初めてだし」

「奈良に住んでいる人でもそうなのですね」

夏芽ちゃんのフォローにホッとした。こういう気づかいができる彼女は年齢以上に大人に感じてしまう。

うなずいている夏芽ちゃんに、

「今、下ごしらえが終わったところです」

と報告する。小柄《こがら》で大きな目の夏芽ちゃんは運動部らしく、まだ四月だというのにすでに日焼けしている。

「開店ギリギリセーフじゃん。間に合わなかったら怒られるとこだよね」

「そうそう。あの人ほんと短気だから」

そう言ってふたりでクスクス笑っていると、

「聞こえてるぞ」

中からぴしゃりと言われてしまった。

スキップでもしているみたいに上下に跳ねながら店内に入った夏芽ちゃんは、

「雄ちゃんおはよ」

と挨拶して、右端の席に座る。

「その呼びかたはやめろ、って言ってるはずだが」

渋い顔の雄也にも夏芽ちゃんは動じない。

「だって店長って感じしないもん。いいじゃん、雄ちゃんで。てか、最近じゃ他のお客さんもそう呼んでるらしいじゃん」

「やめろ」

ふたりの掛け合いが漫才みたいで毎朝笑わせてもらっている。竹かごを雄也に渡すと手を洗ってお茶を用意する。

　お湯の温度は七十度、茶葉からきちんと淹《い》れて三分も蒸すので時間がかかるのだ。これを毎回するのだから、ほんとカウンターだけのお店で良かった。まぁ、手間をかけた分、香りも味も本当においしいのだけれど。今も、ふわっといい香りが生まれて空気に溶けてゆく。

「はい、お茶です」

　湯呑《ゆのみ》を置く。

「ありがと」

　と答えてから夏芽ちゃんは雄也に、

「マスター、いつもの」

　なんて冗談《じょうだん》を言っている。

「なんだそれ。うちはメニューはない、って何回も——」

「はいはい。時間ないんだから急いでよ」

　ぴしゃりと遮《さえぎ》ると、夏芽ちゃんは平然とお茶を飲みだした。

　この店ではメニューはなく、提供される朝ごはんは雄也が毎朝決めている。実際、私自身も最初の食事が出るまで全貌《ぜんぼう》はわからないことが多い。聞いても雄也は答えないので、お客さんも出てきてからのお楽しみってこと。

「ったく、だから子供は嫌いだ」

と、ぶつぶつ言っている雄也に、

「なにをすればいい？」

と、厨房に入って尋ねた。今朝のメニューでわかるのは碓井えんどうを使用することくらい。

「碓井えんどうを洗って」

ひとりごとのように指示を出してくる雄也に、

「はい」

と答えて水で洗う。この辺は井戸水ではないけれど、まだびっくりするくらい水は冷たかった。どれくらい洗えばよいのかわからずに、ひたすら水にさらしていると、

「もういい」

と、言われ蛇口《じゃぐち》を閉じた。こういうのも勉強なのかもね。

「はい」

カゴごと渡すと、ほんの数秒だけ小鍋で茹でてから取り出す。さっきよりも緑色が濃くなった碓井えんどうに食欲がわいてくる。その中から数本を取り出してからペーパータオルで拭き始める雄也。

じっと私が見ていることに気づいたのか、

「こうして水分を取らないと味が薄くなるだろ」

と、横顔で教えてくれる。なるほど、と言葉にはせずにうなずいた。

「詩織ちゃん、もう慣れた？」

カウンターの向こうから尋ねてくる夏芽ちゃんに曖昧にほほ笑むと、

「まだ、か」

察《さっ》したらしく目を細めてくる。

「覚えることが多くって……。でもがんばっています」

「大変なのは最初だけだもんね。あたしも『先輩』って呼ばれるのにまだ慣れてない」

そっか、夏芽ちゃんは今月から中学二年生。一年生から見れば先輩ってわけだ。

まだまだあどけない表情なのに、確実に年を重ねてゆくものなんだね。

「にしても、雄ちゃんが人を雇うなんてね」

カウンター越しに覗きこんで笑う夏芽ちゃんに、

「なんでだよ」

不平の声をあげる雄也。

「だって基本、人嫌いでしょ。あたしとしゃべり始めたのだって最近じゃん」

「んなことない」

「んなことあるもん。愛想のなさは有名だよ。詩織ちゃんが来てくれて良かった、ってみんな言ってるよ」

平然と言ってのける夏芽ちゃんにびっくりした。そんなふうに言ってくれている人がいるなんて、少しうれしい。

「ふん」

子供みたいに言った雄也が、ぶすっとした表情のまま、

「用意して」

と短く言う。これを合図に、味噌汁と副菜、ごはんの順によそってゆくのだ。その準備が終わると同時に朝食ができあがるので、いつでも熱々を提供できている。

今日の副菜の小鉢《こばち》を見ると、すでにカブや青菜などが綺麗《きれい》に盛りつけられていた。

「それをかける」

雄也のさした先には、弱火にかけた鍋が。とろみのついている金色の餡《あん》がことこと白い泡を生んでいた。言われたとおりにかけると、野菜はさらに輝きを増したように見えた。

頂上にさっきの碓井えんどうを雄也が置いた。

お盆に載せられた食事を見て、夏芽ちゃんは目を丸くした。

「今日はおにぎりだ！」

真ん中に形良く握られたおにぎりがふたつ置かれている。巻いてある海苔の間から

見えるお米は、味つけごはんのようで茶色く輝いていた。

「おにぎりがそんなに好きなのですか？」

あまりの喜びように尋ねると、夏芽ちゃんは「うん」と笑みを浮かべてから、すぐにその顔を真顔に戻してしまった。

……なにか余計なこと聞いたかな。

不安になった私に、夏芽ちゃんは「違うの」と、片手を顔の前で横に振った。

「おにぎりにはちょっと思い出があってね」

「思い出、ですか？」

つい気になって聞いてしまった。夏芽ちゃんは軽くうなずいてから私を見た。

「うちの親、離婚してるの」

あっけらかんと言うので、「えっ？」と、驚くのも間が空いてしまった。

「もうずいぶん前のこと。まだ小さかったから、お父さんの顔はほとんど覚えていないんだ」

「そうだったのですか……」

「暗くならなくていいよ。ほんと、覚えてないから」

余計なことを聞いてしまったのかもしれない。雄也はあきれた顔で私を見てくる。

私だってお客さんのプライベートなことに首を突っこんではいけないことくらいわ

かっている。

不可抗力《ふかこうりょく》だよ、と唇をとがらせてみせるけど、プイと目線を逸《そ》らされてしまった。

「お父さんとの唯一の思い出が、一緒におにぎりを食べたことなんだ」

やわらかい声の夏芽ちゃんが、おにぎりを両手で持ってなつかしむような目をした。

雄也を見ると、洗い物にとりかかっていてこっちを見ない。

「もう、ずっと昔の話なんだけど、奈良公園でお父さんと一緒におにぎりを食べたんだよ。だから、おにぎりを食べるたびに思い出すんだ」

そう言っておにぎりをほおばった目がさらに大きく見開いた。湯気の間に見えているのは、ゴボウのようだ。

「これ、すごくおいしい！」

感嘆の声をあげる夏芽ちゃんにも、

「あたりまえだ」

雄也はいつもの口癖《くちぐせ》で答えてから腕を組んだ。

「『香りゴボウと牛肉の甘辛《あまから》おにぎり』だ。香りゴボウは大和野菜を使っている」

雄也の説明の最後は、私に向けて言っているのだろう。

「牛肉が甘くって、ゴボウの食感も楽しいよ。これ、ほんと好きかも」

「好きかも、なんて日本語はない」

「なにさ、せっかく褒めてやってんのに」

ふてくされた顔を作ってから、夏芽ちゃんは言った。

「お父さんの作ったおにぎりはね、すごくゴツゴツしてて硬かったんだ。でも、すごくおいしかったんだよね」

ふいに夏芽ちゃんの顔が悲し気に変わったのが見えて口をつぐんだ。

ガチャガチャと食器を洗う音が聞こえている中、夏芽ちゃんは「ふ」と笑う。

「でも、そのおにぎりって、とにかく変わっていたの。あんなおにぎり見たことないくらい」

少しうつむくその顔がまた悲し気に見えた。

急にお父さんのことを思い出させてしまったせいで、感情が不安定になっているのかもしれない。なんとか話題を変えなくちゃ……。

「おにぎり以外にはなにが好きなのですか？」

「えー。雄ちゃんが作ったものならなんでも好きだよ。家とは大違い」

まだ無視を決めこんでいるらしい雄也から視線を私に向けた夏芽ちゃんを見て、不思議な気がした。

そう言えば、夏芽ちゃんはしょっちゅうここに来ているけれど、さっき言っていた両親の離婚と関係があるのだろうか。

「家とは大違い、って？」

あ、また質問してしまった。ギロッとにらんでくる雄也に気づくけれどもう遅い。

また聞いちゃいけないことを口にしたらしい。

しゅんと肩を落とす私に、夏芽ちゃんが笑い声をあげた。

「雄ちゃん怒らないの。あたしが話したいんだから。だってこういう話、雄ちゃんは聞いてくれないじゃん」

「俺はなにも言ってない」

不満の声をあげる雄也に、夏芽ちゃんは、

「顔で言ってるの」

ぴしゃりと言ってから、私を見た。

「実は……お母さんが今度再婚することになって。もう新しいお父さんも一緒に住み始めてるんだ」

思いもよらない話に、今度こそ私は口を閉じた。だって、なんて言っていいのか言葉を選べない。

夏芽ちゃんは、ゆるりと首をかしげた。

「あたし、家にいづらいんだ。だから、毎朝ここで朝ごはん食べるの」

こんな話なのに悲しみを消して笑いながら夏芽ちゃんは話している。でも、小さな体の中にたくさんの感情がうごめいているのが伝わってくる。

「新しいお父さんとうまくいってないのですか……？」

髪を揺らして首を横に振った夏芽ちゃんは、

「お母さんには幸せになってほしいって思ってるよ。だけど……」

そこで言葉を区切った。

黙ってしまった夏芽ちゃんに私もならって沈黙《ちんもく》する。その間に新しいお茶を入れた。

茶葉が広がってゆき香りが生まれてゆく中、

「怖いの」

と、夏芽ちゃんは小さな声で言う。

「怖い？」

「……うん」

こんな表情は見たことがなかった。おびえているのか、体を小さく丸めるように目線を左右に揺らせている。

「なにが怖いんですか？」

新しい湯呑にお茶を入れて前に置いた。

「それは、言えない……」

ああ、それで毎日ここで朝ごはんを食べてから学校に行くのか。

「だからここがあたしの居場所なの」

そう言ってにっこり笑う夏芽ちゃんは無理している、とわかる。

開いた入口からナムが優雅にやってくるのが見えた。

「なーん」

食べ物の匂いを察知したのだろう。いつもの定位置ではなく、横側にあるエサ置き場に直行している。犬だけじゃなく猫も鼻が利くみたい。

「お、ナム来たね。意外にこれおいしいよ」

横を通り過ぎるナムに夏芽ちゃんが声をかけるけれど、素知らぬ顔。

「意外に、は余計だ」

そう言ってから雄也は私に木でできた器を渡す。これはナムのごはん入れ。キャットフードの上に、出汁をとった煮干しと小さなおにぎりが載っていた。

「おにぎりは味が濃いから水で少し煮て薄めている」

なるほど、ナム用にわざわざ作ったわけか。大事にされているなぁ、なんて思いながら横を見るとじっとナムが私をにらんでいた。

『早くよこせ』って目で脅《おど》してきているみたい。

けっして厨房の中に入ってこないのは、そう教えられているからだろう。

「お待たせ」

器を置いたとたんガツガツ食べ始めている。雄也も味を気にするなら、ナムの太った体型も気にしたほうがいいと思うんだけどな、と明らかにメタボなナムのフォルムを見て思う。

目線を前に向けたそのとき、また夏芽ちゃんの表情が曇《くも》ったように見えた。

箸と口を動かしてはいるが、その瞳が悲し気にうつむいたように感じられたから。けれど、それは一瞬のことで、夏芽ちゃんは大きな目を私に向けてほほ笑んだ。

やっぱり悩んでいるんだ、と知り胸が苦しくなる。大人っぽく見えても中学生だもんね、親の離婚に振り回されて、今度は再婚で悩んでいるなんてかわいそうになる。

私が気づいていることを知ったのか、夏芽ちゃんが雄也にわざと明るい声で尋ねた。

「ねぇ、ここって昼過ぎまで開いてるでしょう？」

「だからなんだ」

「遅くに食べるごはんは昼ごはんになっちゃわないの？」

「あ、それ私も疑問でした」

少しでも明るい雰囲気にしたくて私も援護《えんご》した。

昼過ぎに来るお客さんにとっては『昼ごはんじゃないの？』って思っていたのもたしかだし。

憮然《ぶぜん》とした顔で雄也は口を開いた。

「その人の新しい一日のはじまりに食べる食事が朝ごはんだ。自分の中で勝手に作った常識に当てはめるのは悪いクセだぞ」

「〝新しい一日のはじまり〟？　じゃあ昼に食べるのも朝ごはん？　それって一般的に見るとおかしくない？」

よくわからなくて尋ねると、夏芽ちゃんもうんうん、とうなずいてくれている。

「まったく」

つぶやいた雄也が、嘆《なげ》くようにため息をついてから口を開いた。

「起きて最初に食べるごはんだから朝ごはんなんだ。この店は、一日のはじまりを応援するために存在しているんだ」

言われて気づいた。この話は、この間聞いたばかりだった、と。

雄也はここに来る人が元気に一日を過ごせるように、温かい朝ごはんを提供しているんだ。

「それにだ」と、咳《せき》ばらいをしてから雄也は言う。

「時間は人それぞれだ。昼前に起きて朝ごはんを食べる人だっているんだ。お前ら人間の悪いクセは、多数決で一般常識を決めたがることだ」

自分だって人間のくせに、と思ったけれどもう雄也は洗い物を再開している。

夏芽ちゃんに目をやると、聞いているのかいないのか、ぼんやりと宙を眺めていた。

まるでお父さんとの思い出の中にいるみたい。

　やっぱり、家から逃げ出して来ているのかもしれない。ひょっとしたら、新しいお父さんになる人が怖いのかも。新しく家族になった人からしいたげられる、ってニュースもたまに見るし……。

　ひょっとして暴力とか――振るわれてるんじゃ……。

　さっきも、なにかが『怖い』って言ってたし、そういう事態も十分考えられる。てことは、そういう理由も十分考えられる。

「そろそろ行こうかな」

　想像が走り出している私に、夏芽ちゃんの声が届いた。

「あ、はい」

　見るとすっかり食べ終わっている。

「ごちそうさまでした」

　と、手を合わせている表情にさっきまでの悲しみは見られなかった。

　するっと立ち上がると、スカートのポケットから五百円玉を取り出そうとしているので待った。

　私の手にそれが載せられるときに気づいた。

「あ……」

夏芽ちゃんの手に切り傷がいくつかあった。まだ新しいようで絆創膏がいくつも並んでいる。

「夏芽ちゃん、それ……」

思わず声に出した私に、サッと手を引っこめると、

「それじゃあ行ってきます」

わざと明るく声に出してから店を出てゆく。

悪い想像がまた頭で生まれている。

遅れて外に出ると、もう夏芽ちゃんは自転車に飛び乗っているところだった。

どうしよう、どうしよう！

頭の中でぐるぐるとさっきの夏芽ちゃんとの会話、手首の傷が早送りで映し出される。

「またね」

自転車に飛び乗った夏芽ちゃんは勢いよくこぎだそうとするので、

「待って！」

つい叫んでしまっていた。

——キィ。

ブレーキの音がして止まった夏芽ちゃんは、前を向いたまま片足を地面についた。

考えがまとまらない。

なんて伝えればいいのか、こういう状況になったことがない私には、その答えは見つかりそうもなかった。

だから、私はさっき雄也が言っていた言葉を思い出して、自分の願いを夏芽ちゃんに伝えることにした。

「今日が夏芽ちゃんにとって〝新しい一日〟でありますように」

「ふ」

軽く笑う声が聞こえ、振り向いた夏芽ちゃんの顔には笑顔が浮かんでいた。

「……ありがとう。行ってくるね」

「いってらっしゃい」

見送りながら思った。

どうか、彼女が笑顔でいられますように、と。


朝六時に開店するこのお店のピークは七時くらい。

出勤前の常連さんたちが次から次へとやってくるので四席しかないカウンターはすぐに満席になってしまう。が、朝の忙しい時間のせいか、回転が速くて待っているお客さんが出ることはなかった。

適度な忙しさがしばらく続くと、やがてポツポツとお客さんが続き、十一時を過ぎたころには数人が訪れる程度だった。

夏芽ちゃんが学校に行ってしまってから、ようやくお客さんが途切れた午後。

「ねぇ」

と雄也に声をかけるが、まったく反応がない。

声をかけたのに聞こえなかったふりで、奥の洗濯機がある部屋へ行ってしまった。

しばらくして醤油の瓶《びん》を持って出てきた雄也の前に通せんぼのように立った。

「今日の夏芽ちゃんのことなんだけどね」

「休憩していいぞ」

「そうじゃなくて、今朝の夏芽ちゃん」

話を聞こうともせず、強引に私を押しのけると、

「余計なことはするな」

と、低音ボイスで言ってくる。

「だって、あの手首の傷を見たでしょう?」

ずっとあの残像ばかりが頭に浮かんでどうしようもなかった。『怖い』と言っていたのが、精神的にではなく肉体的な理由だったとしたら……。

けれど、雄也はうっとおしそうな顔を隠そうともしない。

「ほら、これ」

渡されたのは『出納帳《すいとうちょう》』と印字されているノートと大量の領収書だった。

「休憩後からそれをまとめてくれ」

「え？　これ全部？」

だって、レシートは文庫本くらいの厚さになっているし。

「社員だから当然だ」

「げ……」

「急いでやってくれ」

って、こんなにたくさんの量、いつからやってなかったのだろう？

途方に暮れそうな量の領収書やレシートに、がっくりと肩を落とす。

「買い物行ってくる」

たすき掛けを解きながら雄也が言った。

「ねぇ、夏芽ちゃんの――」

「今は仕事をしろ」

ぴしゃり、と言って雄也は出ていってしまった。

「……はい」

納得できないままひとりつぶやくと、ひとつため息をこぼす。

雄也のいない時間は、初めはお客さんが来たらどうしよう、と心配していたけれどそれは杞憂《きゆう》であることを学んだ。普通のレストランならこみ合いだす時間なのに、ここはほとんどお客さんは来なくなるから。

来たとしても、みんな慣れているのか座って雄也の帰りを静かに待ってくれる。

左端の席で寝ているナムとふたりっきりの時間。

今日のまかない食は、夏芽ちゃんも食べていたおにぎり。

ゴボウと牛肉の甘辛煮は品切れらしく、シンプルな白米のおにぎりが湯気を生んでいる。

おにぎりは適度な塩加減で絶品だった。握りたてで中に入っている鮭《さけ》の切り身まで息で冷まさないといけないくらい熱い。ほんと、感心するほど温度にこだわっている。

「鮭、食べる？」

尋ねても目も開けやしないナム。お腹は満たされているらしい。

スマホを見るとお母さんからのメールが一件。さすがに実家に強制送還《そうかん》することはあきらめたらしく、だけどしつこく就職先を尋ねてくる。今来ているメールもそういう内容だった。

今のところこの仕事が自分に向いているかは不明のまま。覚えることだらけでまだ自分としっかり話し合いをしていないまま毎日が始まり、そして終わってゆく。

ただ、早起きが得意な私には合っているようには思うんだけどな。

「出納帳かぁ……」

たくさんあるレシートの束を見るとため息が出てしまう。正直、経理の仕事はやったことがない。大学も文学部だったし。

前は出納帳をつけていた人がこの店で働いてたのかな？　ってことは、あの紙に書いてあった『穂香』という人？

離婚したから、やってくれる人がいないのかな……。

そこまで考えて、ぜんぶ私の想像だと気づいた。こうして思考が突っ走るのは昔からの悪いクセだ。

「それにしてもこんなにレシートをためるなんて……」

恨《うら》めしそうにそれを眺めていると、

「あら。ひとりなん？」

扉からひょっこり顔を出したのは、園子《そのこ》さんだった。

「いらっしゃいませ」

立ち上がって挨拶をすると、

「休憩中やろ。そのままでええで」

ピンクのワンピースを揺らしながら園子さんはドカドカと入ってきた。だいたい昼ごろに訪れる園子さんも皆勤賞《かいきんしょう》クラスの常連さんだ。

年齢は五十歳を超えたくらいだろうか。厚化粧にきつくあてたパーマ、そしてどこで売っているのか疑問な派手な服装、極めつけはその関西弁……。

まさしくテレビでたまに見かける関西のおばちゃんそのものだ。

もっとも本人は、『これは奈良弁やないで、大阪弁や』と言ってはいるが、その違いがよくわからない私にとっては、関西に住んでいることを実感させる人物だ。

「雄ちゃんは買い物？」

カウンターの中から湯呑を取って座った園子さんは、勝手にお茶を入れつつ尋ねた。

「はい。園子さん、今日はいつもより早いんですね」

「やめてや。園子さんって呼ばないでって頼んだやん」

「はぁ、でも……」

目上の人をそう呼ぶのは毎度抵抗《ていこう》を感じてしまうわけで。

「年を感じさせんといてや。園子ちゃん、でええねんって」

ガハハと豪快《ごうかい》に笑うので、

「はぁ」

曖昧にうなずきながら「失礼します」と少し冷め出しているごはんの続きを食べることにした。

園子ちゃんはジュースのようにお茶を飲んでは「あー生き返る」とか「おいしいなぁ」とか言っていたが、やがて、

「あ、そうや。今日いつもより早く来た理由を聞かれてたわ」

と、今さらながら思い出した様子。

「早く目が覚めたんですか？」

「そんなとこ。最近はあんまりお客さん来ないから店も早く閉めるやろ。お金はないけど睡眠時間だけはしっかりとれるねん」

あっけらかんと言った。

園子ちゃんは夜のお仕事をしている、とこの間言ってたっけ。ここで食べるごはんが、彼女の朝ごはんなのだろう。そういう意味では、今朝の雄也の説明も納得できる。

多数決で一般常識を決めてはいけない、ってことか。

「お店、ってスナックとか？」

「まあな。ちっちゃい店やけどな」

へぇ、と改めて園子ちゃんの顔を見た。明るい人柄だから、楽しそうな店なんだろうな。

「って言っても、観光客相手やないで。うちは一見さんお断りの店やからな。ここと一緒や」

そう言いながら店内を見回して赤い唇で笑っている。

「一応、うちの店は『奈良町通り』に面してるけどな」

「そうなんですか」

「まぁ『奈良町通り』っていっても、この辺りには同じ名前の通りが何本もあるんやけどな」

一週間通ってもまだ慣れることはなかった。いくつも『奈良町通り』があるからややこしいのだ。

「この店は道に迷わないと来られないような場所ですもんね」

「もともとは『平城京《へいじょうきょう》』の道筋をもとに造られたらしいわ。江戸《えど》時代には産業の町として栄えたらしいで」

「そのころからあるんですか?」

言いながら、それもそうだと納得した。古い家がたくさん並んでいる通りだから歴史も古いはず。

「元興寺《がんごうじ》ってあるやろ?」

「あ、少し先にあるお寺ですよね」

一度迷ったときに横を自転車で走り抜けたことがある。

「元興寺の周りはそうとう栄えてたな、たくさんの店が軒を連ねていたらしいわ」

「そうなんですか」

「でも、元興寺が中世以降に衰退《すいたい》したんやって。で、お店があったところに町屋と呼ばれる民家が立ち並んだのが『ならまち』っていうんや」

「だから広いんですね」

「相当な広さやし、観光名所になってからはどんどん広がってる気がするわ。外人さんからしたら古い町並みは珍《めずら》しいんやろうな」

それだけ歴史のある町で仕事をしていることがなんだか不思議だった。うれしい、とかじゃなく異世界に紛れこんだような感覚。

特に歴史に興味がない私なんかがいいのかな、と気おくれしてしまう。

「でもここは、ならまちはずれやもんな」

突然園子ちゃんが口にした言葉に、ハッとしてその顔を見た。

「ならまちはずれ？　それってどこかで聞いたことが……」

言いながら思い出した。この会社の名前だ。けれど園子ちゃんはそのことを知らないらしい。

「奈良町通りのはずれに位置するから、雄ちゃんは『ならまちはずれ』って言葉使ってるわ」

「どうして『ならまち』という平仮名表記の町なのに、通りの名前だけは『奈良町通り』っていう漢字の名前を使っているんですか？」

以前、さまよっているときに感じた疑問を尋ねてみると、園子ちゃんは首をかしげた。

「たしか、都市《とし》景観《けいかん》形成《けいせい》地区《ちく》になってるらしいわ。それからひらがなで書くようになったんやけど、その前からあった通りの名前はそのまま漢字で使ってるみたいやで」

「都市景観……えっと」

「詳しくは知らん。んなの、どっちでもかまへん。ここが長い歴史の流れの中で大切にされている場所には変わりないからな。まぁここは、道に迷ってたどり着くような店やけど」

ニカッと笑う園子ちゃんに、

「そういうことなんですね」

うなずきながらも、私は夏芽ちゃんを思い出していた。

それは雄也があの日私に言った、『ならまちのはずれにある店だからこそ俺は、迷って道からはずれた人たちの背中を後ろから押してやりたいんだ』という言葉を思い出したから。夏芽ちゃんも雄也が言うように、重い荷物を背負って過ごしているのかもしれない。

今ごろ夏芽ちゃんは学校でちゃんと笑えているのかな？

悲しみに負けて気持ちが迷子になっていなければいいけど。


まかないごはんを食べ終わるころ、園子ちゃんが、

「それ帳簿《ちょうぼ》?」

と、右側に置かれている出納帳を見つけて尋ねてきた。

「らしいです」

「雄ちゃんらしいな。全然やってへんやん」

あっけらかんと笑う園子ちゃんに、

「そうなんですよ。私に全部やれ、って言うんですよ」

と、唇をとがらせた。

「それも雄ちゃんらしいわ」

ふと、さっき考えたことを尋ねてみたくなった。

昔からの常連だ、といつも自慢している園子ちゃんならなにか知っているかも。

「このレシートってすごい量たまっているじゃないですか」

「たしかにな」

「前は、この帳簿をつけている人がいたのですか?」

「え?」

なぜか驚いた顔をした園子ちゃんは、すぐに笑顔を取り戻すと、

「さぁ、どうやったかいな」と、首をひねってお茶をガブッと飲んでいる。

あからさまに動揺してる。下手な役者でももっとうまくごまかすだろうに。

「あの、柏木穂香さんって――」

さらに本質に迫《せま》ろうと口を開いたときだった。

「なんだ来てたのか」

入口から雄也がひょっこり顔を出したのであわてて口を閉じる。

「遅いやん。早く朝ごはん食べさせてーや」

ホッとしたように園子ちゃんは文句を言う。

「ああ」

そう言ったあと、雄也が私を外に手招きした。

「野菜洗ってくれ」

「はい」

戸の外に出て、両手に抱えた野菜を受け取ると、そのままベンチの横についている蛇口から水を出す。

冷たい水でほうれん草、そして絹さやを洗った。袋に入っていないところを見るとまた誰かにもらったのだろう。私にできる数少ない仕事のひとつだ。

しっかり洗ってから備えつけの竹かごに入れて店内に戻る私に、

「わざわざ外で洗わせるんかいな。雄ちゃんは綺麗好きやな」

園子ちゃんがイヤミっぽく言うと、雄也は「は？」と眉間にしわを寄せた。

「綺麗好きとかそういう問題じゃない。飲食店に食中毒は命取りだろうが」

「食中毒ってなんで？」

「えっとですね」

きょとんとしている園子ちゃんには私から説明をする。

「土には大腸菌《だいちょうきん》が含《ふく》まれているので、それを厨房に持ちこむのを避けているわけです」

同じ質問をしたときにあきれた顔で説明された内容だ。雄也は肯定《こうてい》するわけでもなく淡々《たんたん》と調理にとりかかっている。

「まあそれだけしっかりお店を切り盛りしてるってわけやな」

ガハハとまた笑った園子ちゃんは、出された食事を驚くほどの速さで食べ終わると、お茶をガブガブ飲んで世間話をしだした。

途中で雄也がタオルを洗いに奥に引っこんだので、またふたりきりになる。

さっきの質問の続きは、さすがにできない。

厨房の奥には雄也の居住スペースがある。お店用の洗濯機はすぐ裏にあるし、いつ顔を出すとも限らない。

と言うか、さっきの園子ちゃんの反応がおかしかったことで、何気ない質問もタブーに触《ふ》れる内容だと悟《さと》った。聞いてはいけないことなのだろう。

私も社会人になったことだし、こういうことも理解しなくちゃね。

「さ、帰ってお店の買い出しに行かなくちゃ」

よいしょ、と立ち上がった園子ちゃんは五百円を支払うと、来たときと同じように風を起こしてドカドカと出口に歩いてゆく。

急ぎ足で追いつき、

「ありがとうございました」

と、見送ろうとしたとき。

「詩織ちゃん」

小声で園子ちゃんが耳打ちした。

「はい?」

つられて声をひそめると、園子ちゃんはしばらく迷ったように口を閉じてから言った。

「さっき言ってたやろ。柏木穂香、って名前」

「はい?」

これはまずい展開かもしれない。

ひそひそ声で話さなくてはならないような秘密の話だとしたら聞かないほうが無難だろう。

私の想像が正しければ、雄也と穂香という人は離婚している。あの無愛想だもの、その推理はけっこう真《しん》に迫っていそう。

だけど、せっかく働き始めたのに余計なことは知りたくなかった。

「あ、別にいいんです。ちょっと気になっただけですから」

情報をシャットアウトしようと手を横に振るけれど、園子ちゃんの口は堅くはないらしい。

一度だけ店内を振りかえってから、私を外に連れ出すと長いつけまつげが引っつくくらい顔を寄せてきた。

「これ、私が言ったって言わんといてよ」

「私ほんとにもう――」

「妹さんなの」

園子ちゃんの言葉にぽかん、と口を開けたまま時間が止まった。

妹……。

「へぇ、そうだったんですか……」

柏木穂香さんは雄也の妹の名前だったのか。じゃあ兄妹でこの店、というか会社をやっているんだ。

「でも、もういない」

静かに言った園子ちゃんの顔を見た。

「いない？」

聞いちゃダメだとわかっているのに、好奇心に負けて聞きかえしてしまった。うなずいたその顔にいつもの笑みはなかった。

「雄ちゃんがこの店をやってるんは、妹さんのためなんや」

そう言うと「じゃあ、またな」足早に帰ってゆく園子ちゃん。

「あ……。待ってください」

「なんや」

振り向いた園子ちゃんに、すう、と息を吸った。

「今日が園子ちゃんにとって〝新しい一日〟でありますように」

「はは。ありがとうな」

軽く手を上げて去ってゆく後ろ姿を見ながらも、頭の中は初めて知った情報に混乱したままだった。

出納帳をつけながらお客さんを待つ午後。

あと三時間で今日のお店は閉店。カウンターに座ってレシートをトランプゲームでもするみたいに並べてゆく。

無造作に重ねられたそれらは、日付順にするだけでもひと苦労だ。ここのところこればっかりやっているけれど、いっこうに減る気配のないレシートにうんざりしてしまう。

「ねぇ」

雄也はさっきから厨房の丸イスに座って本を読んでいるようで、ひと言も発さない。

声をかけてみても返事はなし。

「あのね、夏芽ちゃんのことなんだけどね」

夏芽ちゃんの手首の傷を見てから一週間が経っていた。

あれからしばらくこの話題はしないようにしていた私。どうせ口にしてもシャットアウトされるだろうから。

でもあの日以来、夏芽ちゃんは悩んでいる顔を隠すことはなくなってきていた。ぼんやりと考えこむことが多くなり、その変化ははたから見ても明らかだった。

雄也も感じているのだろう、チラッと私を見てくるが遮ることはしなかった。

「夏芽ちゃん、大丈夫なのかな？　最近おかしいでしょう」

ようやくの返事もそっけない。レシートを持っていた手を休めて私は雄也を見る。

「この間、夏芽ちゃん『怖い』って言ってた。それに手首に傷があったよね。それってもしかして……」

「……知らん」

言いながらゾクッとした。

考えられるとしたらひとつしかない。あの日以来ずっと考えていた答えを口にした。

「家庭内暴力を振るわれているんじゃないか、って」

言葉にすると本当のことのように思えた。そう、きっと夏芽ちゃんは新しいお父さんから虐待《ぎゃくたい》を受けているんだ。

ニュースでしか見たことのない出来事がこんな近くで起こっているなんて。

きっと怖くて悲しいだろうな。

中学生の女の子にそんな思いをさせているのなら、なんとかしてあげたい。

夏芽ちゃんだって悩んでいるからこそ、あんな表情になっているんだし。

だけど雄也は、

「余計なことはしないほうがいい」

とだけ言って本から目を離さない。

「でも、でもね」

「読書中」

　話をする気はもうないらしく、さっきよりも奥のほうを向いてしまう。

　知れば知るほどに雄也は他人に興味がないようにしか思えない。毎日のように来てくれているお客さんなのに、まったくの無関心とはあきれてしまう。

「夏芽ちゃんはまだ中学生なんだよ。あんな小さい子が悩んでいるのに、なんとも思わないわけ」

「突っ走りすぎなんだよ。詩織、少し落ち着け」

「落ち着くって、そんなこと言ってられないでしょ。今日も学校から帰ったら、夏芽ちゃんは新しいお父さんに暴力を振るわれるかもしれないのに」

「それはただの妄想《もうそう》だろ」

　頭にだんだん血が上っているのか熱くなってきている。こんなに冷たい人だったっけ？　私が傷ついていたあの朝、手を差し伸べてくれたと思っていたのは勘違いだったの？

「冷たすぎるよ」

　非難するような言いかたになってしまった。だけど、気にも留めていないのか、雄也は「まったく」とつぶやいて本を乱暴に閉じた。

「冷たくない。本当に助けてほしいやつはきちんと助ける」

「きっと夏芽ちゃん、すごく苦しんでいるんだよ。きっと助けてほしくて私に話をしてくれたんだよ」

「あのなぁ」

雄也がようやく体ごと私を向いた。

「なによ」

「これだけは確実に言える。お前が出ていったら話がこじれるに決まっている」

「でも、話を聞いた以上――」

言いかけた私に手のひらでストップをかけた雄也は、立ち上がってから腰に腕を当てた。

「放っておけ。以上、この話は終わり」

「なっ……」

絶句した私に、

「こんにちは」

今日はいつもより遅く園子ちゃんが店に入ってきた。

「今日は冷えるから長袖にしたわ、って……あら？」

雄也と私を交互《こうご》に眺めると首をかしげた。

「痴話《ちわ》ゲンカかいな」

「違います」

即座にそう答えると、雄也はもう調理をすべく材料を冷蔵庫から出している。

「ふうん。空気が重かったからケンカかと思ったわ」

カウンターからレシートをどけながら、

「ケンカにもならない」

そう言ってから厨房に入る私。

「ほんとにな」

雄也も負けていない。

イスに腰かけた園子ちゃんはお茶を用意する私をじっと見てくると、今度は雄也に視線を移す。

「やっぱりケンカやな」

園子ちゃんの笑い声が響く店内で、気になるのは夏芽ちゃんのことだけだった。

休みはずっと雨の予報。

昨日の土曜日は寝たり起きたりを繰りかえして過ごしたけれど、さすがに二日もじっとしていられない。

バスに乗って駅前まで来た私は、駅の中にある観光案内所へ。前から気にはなっていたけれどなかなか来る機会がなかったのでちょうどよかった。

いつもは、外国のお客さんでこみ合っている案内所も、雨のせいか人は少ない。カウンターの端っこに並んでいる奈良のマスコットキャラクターである鹿の小物を見ていても、気持ちは外の天気と同じで晴れなかった。

それは夏芽ちゃんのことを考えてしまうからに他ならない。

土日は店もやっていないから、どうやって過ごしているんだろう？　新しいお父さんからなんとか逃げられていればいいけど、この雨じゃ行くところも少ないだろうし。最近は、これまでのような笑顔も少なく心ここにあらずといった夏芽ちゃんの姿は、私の気持ちまでも落ちこませている。

雄也の言うことももちろんわかるよ。あくまで私は店員だし、お客さんのプライベートに首を突っこんだりしてはいけないって。

でも家庭内暴力となれば、話は別だよ。

たとえお客さんと従業員の関係でも、なんとかしてあげたい、って思うじゃん。

「はあ」

ため息ばかり出てしまう。それは私も同じように悲しい経験をし、それを救ってもらったことがあるからだろう。

あの日、私はたしかに雄也に救われたのかもしれない。

けれど今回はその雄也が私にストップをかけている。ひょっとしたら彼は、私が思っていたような人ではなかったのかも。じゃあ、あの日、私にくれたやさしさはなんだったの？

「意味がわかんないよね」

つぶやきながら結局なにも買わずに案内所を出た。

昼食の時間になっていた町は、いくぶん人も多くなってきているようだ。いろんな色のカサが流れてゆくのを駅ビルの出口でぼんやり見ていた。

そのときだった。

「……いらないよ」

どこからか聞こえた声にキョロキョロと辺りを見回した。

この声……どこかで聞いたことがある。少し場所を移して顔を確認すると、声の主は夏芽ちゃんだった。制服じゃないのですぐにはわからなかった。

夏芽ちゃんはかみしめた唇を震わせ、目の前の女性をにらむように見ている。

「いらない？　なにがよ」

と、いうことは……うなるように怒っているこの人が夏芽ちゃんのお母さん？　そして向こうにいる男性が新しいお父さんなのかも。

ずっと考えていた相手が急に目の前に現れて驚きのあまりぽかん、と眺めていることしかできなかった。

偶然とはいえ、これは神様が私に夏芽ちゃんを救え、と言っているようにすら思えてくる。

いや、きっとそうだ。

「いらない」

ゆっくり何度も首を横に振ってから、夏芽ちゃんは憎しみを絞りだすかのようにお母さんに言う。

夏芽ちゃんの声色に危険信号を察知した。

向かい合っているお母さんの表情が険《けわ》しくなってゆく。

このままじゃ、夏芽ちゃんが危ない。

「新しいお父さんなんていらない！」

夏芽ちゃんが叫ぶように言ったのと同時に、お母さんが手を振り上げたのが見えた。

とっさに間に飛びこむように割って入った。

――パンッ！

乾いた音が聞こえたのと同時に、頬に痛みが走った。

恐る恐る目を開けると、唖然《あぜん》としたお母さんの顔が目の前にあった。

振り上げた手が宙で止まっていた。

私、たたかれたんだ……。

「え？」

きょとんとした声の夏芽ちゃんが私の顔を確認した。

「……なんで詩織ちゃんがいる、の？」

目を見開いた夏芽ちゃんがハッとして「まさか、私の代わりに……」

と、つぶやいたかと思うと、震えを全身に伝染させてゆく。

「お母さんが、たたいた……の？」

「おい、なにやってんだ」

その声を出したのは、奥にいる新しいお父さんと思われる男性だった。

ハッとした顔のお母さんが自分の手のひらを信じられないというふうに見た。

このままじゃ夏芽ちゃんがまた責められる。私にできることはなに？

とにかく夏芽ちゃんがこれ以上悲しまないようにしたい。

「夏芽ちゃん逃げて！」

私が叫ぶと、目に涙をいっぱい浮かべた夏芽ちゃんは少しずつ後ずさりしていく。

周りの人も何事かと集まってきていた。

「早く！」

私の声に、夏芽ちゃんがその場から立ち去る。

「夏芽！」

お母さんの叫ぶ声にも夏芽ちゃんは振りかえらない。

私はふたりに体を向けるとその目を交互に見た。いや、にらんでいた。

ようやく私の存在に気づいたのだろう、お母さんははたから見てもわかるくらいに動揺しだした。

「あ……私、ああ。ごめんなさい……」

謝りながらがっくりと肩を落とした。

「自分の子供に暴力を振るうなんてどういうつもりですか？」

「え？」

聞きかえすお母さんが顔を上げると、見物人がざわざわとしだす。

「あなた……誰？　夏芽をご存じなの？」

うなだれた様子だけれど、きっと彼女も夏芽ちゃんに暴力を……。ムカムカした気持ちのまま、

「これ以上、虐待をするなら警察へ言いますから！」

大きな声で言うと、迷うことなく私は雨の町へ飛び出していた。

ザーッという音に包まれながら、必死で夏芽ちゃんの背中を追う。すぐに髪も服もびしょ濡れになったけれどどうでもよかった。

「夏芽ちゃん！」

叫んでも距離があって声は届かない。一心不乱に駆けてゆく背中がすぐに人に紛れて見えなくなった。

ゆるやかな上り坂。カサの波をかきわけ、それでも必死で追いかけた。

捕《つか》まえてどうするかは考えられなかった。

だけど、このままひとりにさせたくなかった。

やがて息が切れて走れなくなる。雨が服に染みこんでどんどん重くなってゆくようだ。

それでも必死に捜した。

どんな服を着ていたのか覚えていない。驚くことしかできなかった自分が情けなくてたまらなかった。

興福寺《こうふくじ》に続く歩道の右側に芝生《しばふ》が広がっている。雨の奈良公園には鹿もおらず、芝の緑がただ続いていた。

その真ん中にあるベンチに、夏芽ちゃんが座っていた。

泣いているのだろう。

身動きひとつせず、体を小さくして前をにらむように見ている。息を整えながら、芝生に足を踏み入れた。

こんな広い公園では、夏芽ちゃんの小ささが際立っているようで悲しくなった。

たくさんの雨が夏芽ちゃんの頭で、肩で跳ねている。

「夏芽ちゃん……」

声をかけた私に、夏芽ちゃんは「ひゃっ」と短い悲鳴を上げたかと思うと、すぐに中腰で逃げ出す態勢になった。

それから、私を確認すると少しだけ表情を緩めた。

「詩織ちゃん……」

笑おうとして、だけどうまく表情にできない夏芽ちゃんは、あきらめたように視線を下げて座りなおす。唇が細かく震えている。

おでこに張りついている前髪をそっとなおしてあげてから、

「大丈夫ですか?」

そう尋ねた。

「詩織ちゃんこそ大丈夫なの? さっき、たたかれちゃったんでしょう?」

顔をゆがめた夏芽ちゃんに、

「平気です。全然痛くなかったですから」

そう言うが、雨に負けている声で「そう」とうなずくだけ。

「ここ、座っていいですか?」

指でベンチを指すと、夏芽ちゃんは少し横にずれてくれた。

お尻をおろすと、冷たい水の感触。気にせずにそのまま横を見る。

「大丈夫ですか？」

二度目の質問に少し笑ってから、

「どうかな」

と、夏芽ちゃんは言う。

「ですよね」

あんなことがあったんだもの、大丈夫なわけがない。

「ヘンなとこ見られちゃったね」

雨の音に負けそうな小声で自嘲気味に言う夏芽ちゃんに、

「あんなところで会うとは思っていませんでした」

正直に答えた。

いつしか、雨は小降りになったようだ。遠くに小さく青空が見えていて、やがて天気が変わることを知る。

「どうして、さっきは、助けてくれたの？」

言葉を切りながら言う夏芽ちゃんは、手のひらで鼻をぬぐう。細い手首には、もう絆創膏は貼っていなかったのでホッとした。

「私、これ以上、夏芽ちゃんが暴力を振るわれているのをほおっておけなかったんです」

不思議そうな顔に力強くうなずいた。

「助けたかった？」

「助けたかったんです」

力《りき》んで大声で言うと、夏芽ちゃんは一瞬間を置いてから声をあげて笑った。

「なにそれ。詩織ちゃんておもしろい」

「え？　私なにかヘンなこと言いました？」

きょとんとして尋ねると、

「だって暴力なんて振るわれてないよ」

と、さらに笑う。

「でも、この間『怖い』って言ってたし。それに、手首の傷も」

私の言葉に……夏芽ちゃんの顔はゆっくりと泣き顔に変わっていったかと思うとうつむいた。頬にあるのは雨じゃなく涙だとわかる。

やはり、暴力を？

「違うの。そうじゃないの」

ひょっとしたらかばっているのかもしれない。虐待されている子は、どんなに傷つけられても親をかばうこともあるらしいから。

「ちゃんと話してください。私にできることがあれば協力しますから」

「どうして？」

「だって、夏芽ちゃんに〝新しい一日〟を過ごしてほしいからです」

背筋を伸ばして言った私に、夏芽ちゃんは鼻をすすった。

「それ、いつも言ってくれてるもんね」

「はい。毎回、心から思っています」

ならまちはずれのあの店に悩みを置いていってほしい。雄也の思いに自分もいつしか同調していたんだな、と知った。

しばらく迷ったような表情をしていた夏芽ちゃんが、やがて、

「本当はあたしだってお母さんの幸せを願っているんだよ」

と、言葉を落とした。

「でも、あんなひどいこと」

「あれはあたしがお母さんを怒らせちゃったから。あんなこと初めてだよ」

と、否定してから「それに」と続けた。

「新しいお父さんもいい人だってことはわかっているんだ」

……あれ？　暴力は？　本気で言っているらしい夏芽ちゃんに、とまどった。私の

想像とはずいぶん違う展開だった。

「じゃあ、本当に暴力は振るわれてないんですね？」

「うん。ふたりが夫婦になることは反対してなんかいないのに、素直になれないんだよ。口を開けばさっきみたいにイヤなことばっか言ってる。そんな自分が情けないの」

前髪から落ちるしずくが、小雨の中、光を反射してキラキラ光っていた。

「でも、あのとき『怖い』って言っていたのは、どういう意味だったんですか？　素直に受け入れられないのは、お母さんがとられちゃうような気がしているからとか？」

「まさか」

間髪入れずに「あはは」と笑った夏芽ちゃん。話をしているうちに少し落ち着いてきたようで安心した。

「そんな子供じゃないもん」

「じゃあ、なにが怖いんですか？」

尋ねる私に、夏芽ちゃんは視線を公園に向けた。

「あたし、本当のお父さんを忘れてしまうのが怖いんだと思う。たぶん……思い出が邪魔《じゃま》してるんだよ」

「思い出が……あ、この間言ってた『おにぎりの思い出』ですか？」

そうだよ、とうなずく夏芽ちゃん。

「たしか、小さいころに奈良公園で本当のお父さんとおにぎりを食べたんですよね？」

「……ひとつだけ覚えているのはここの景色なんだ」

そう言って辺りを見回す夏芽ちゃんが、なつかしむように目を細めた。

「ここ、って……この公園のことですか？」

「そう。たぶん小学校一年生くらいのころだと思うんだけど、ここに来たみたい。離婚したのは私が赤ちゃんのときらしいから、たぶんそれくらいまでお父さんは会いに来てくれていたんだと思う」

雨が、今上がったみたい。

さっきまでの土砂降りがウソみたいに、晴れ間が芝生をスポットライトのように浮かびあがらせている。

「お父さんの顔はいくら考えても思い出せないんだけどね。だけど、大きくて太い腕に抱き上げられたことと、あの異様に大きくて、ヘンな形のおにぎりは覚えているの」

こんなうれしそうに笑う夏芽ちゃんは初めて見た。

私も少しほほ笑んだ。忘れてしまったお父さんの記憶。だけど、ひとつでも覚えているなら、永遠に心で思い出は輝くだろうから。

「思い出の中のお父さんは最後に私に言ったの」

そう言った夏芽ちゃんの顔はさっきの天気みたいにまた悲しく変わる。

「『夏芽が大きくなったら、きっとまた会いに来るから。それまで忘れないでいてくれ』って」

　絞りだすように言う夏芽ちゃんの顔が悲しくゆがんでいる。

「たぶんそれが最後に会った日なんだろうね。幼いころの記憶でも、大事なことだ、ってわかったんだ。だから覚えているの」

　そう言ってから夏芽ちゃんは、

「だから今でもたまにここに来るの」

　と、辺りをなつかしそうに見回した。

　もう夏芽ちゃんは泣きも笑いもしていなくて、それが余計に悲しかった。

　家庭内暴力じゃないことには安心したけれど、たったひとつの思い出に縛られている彼女を思うと、切なかった。

「大切な記憶ですね」

「そう、だからあたし平気だよ。さっきは初めてたたかれたから驚いただけだし」

　舌を出しておどける彼女に、

「結果的には私がたたかれたんですけどね」

　冗談ぽく言って私も笑った。

　すくっと立ち上がった夏芽ちゃんは、

「詩織ちゃんまでびしょ濡れにしちゃったね」

と、少し笑った。

「平気です。歩いていれば乾くでしょうし」

私も立って横に並ぶ。

「じゃ、帰るね」

歩き出そうとする夏芽ちゃんの腕をとっさにつかんだ。

「送って行きます」

「え？　いいよ、近いし」

「行きます。服も乾かしたいですし」

とってつけたような理由にも夏芽ちゃんは反対しなかった。代わりに「ジュース飲みたい」と、中学生らしいことを言って私を安心させてくれた。

夏芽ちゃんの家は意外にも私の家と同じ方向だった。

奈良公園を抜けると細い道を私たちは歩く。しばらく行くと住宅がちらほらと顔を出してくる。

夏芽ちゃんは学校で流行っていることとか、クラブ活動のことをいろいろ話してくれたけれど、もう家庭のことは口にしなかった。

楽しそうにはしゃぐ姿は中学生らしい。だけど、その奥にはきっと重い気持ちが今もうごめいているのだと思うと、なんだかやりきれない。

ようやく着いた夏芽ちゃんの家は、私の最寄りのバス停からふたつ手前の所だった。白い二階建ての家。セダンの車と夏芽ちゃんのトレードマークの白い自転車がせまい駐車場に停まっていた。

「詩織ちゃん、ちゃんと家に帰れるの？」

最後まで私のことを心配してくれる夏芽ちゃんは、本当にやさしい子だと思った。ドアの向こうに手を振りながら消えた夏芽ちゃんのために、私ができることはないだろうか……。

だんだん濡れた体が冷えてきて、考えがまとまらなくなる。

「とりあえず帰るか……」

つぶやいて振り向いた私の目に、少し先のバス停に停まる車体が見えた。おりてくるのは、さっき会ったばかりの夏芽ちゃんの両親だった。

「あなた……」

私に気づいたお母さんがはたりと足を止めた。後ろの新しいお父さんも気づいたようで、お母さんを追い抜いて早足でやってきた。

「きみ……さっきの？」

仕方がない、と覚悟が決まった私は、

「はい」

短く答えた。

「さっきはすまなかった。まさか、あんなことになるなんて」

白髪《しらが》交じりの新しいお父さんが、深くお辞儀《じぎ》をしたので驚いた。

「いえ、私こそ……」

ごにょごにょと言う私に、お母さんがとまどったように口にした。

「あなた、どうしてここに？　やっぱり夏芽の知り合いなんですか？」

「……お客さんです。毎朝、私が働いているお店に朝ごはんを食べに来てくださっています」

そう言うと、思い当たるのかお母さんは肩を落とした。

「そうだったのね……。さっきは本当にごめんなさい」

しおらしい姿に、いたたまれなくなった。

「私こそ勝手に勘違いして〝虐待〟だなんて言ってしまいました。申し訳ありませんでした」

雄也の言った通り、突っ走ってしまったのだ。

雄也はそれを知ってて『余計なことはするな』って言ったのかな？

どちらにしても大失敗だ。

ペコペコと頭を下げ合う私たちは、どちらからともなく照れ笑いをした。

すごく人の良さそうなふたりだ。

勝手に勘違いした自分が、夏芽ちゃんじゃないけど情けなくてたまらなかった。

「いつも夏芽がお世話になっています」

そう言った新しいお父さんは、名前を河村大悟《かわむらだいご》と名乗った。

話してみればすぐにわかる。絶対に暴力なんて振るわない人だ、って。おだやかで人の良さそうな笑顔は、取り繕《つくろ》ってできるものじゃない、と思ったから。

家に上がることをすすめるふたりにやんわり断ってから、ふと思いついた。

「もしよかったら、今度お店に来ませんか？」

一瞬だけ雄也の苦い顔が浮かんだけれど、思い立ったらすぐに行動。

さっきの失敗のことは忘れて私はそう提案していた。


それから二日後の昼過ぎ、お母さんと河村さんは本当にお店にやってきた。

見たことのないふたりが店に入ってくるのを、雄也はいぶかしげな表情を隠そうともしないで見ている。

「おはようございます。どうぞお座りください」

昼なのに朝の挨拶をした私が、席に案内するのを変わらぬ表情で雄也が追ってくる。

「夏芽ちゃんのご両親です」

そう紹介すると、納得したのか鼻から息を吐いて調理にとりかかる。

わかっているよ。

きっと心の中で『余計なことをしやがって』って思っているんだよね。

気づかぬふりをして、ふたりにお茶を出した。

「あの子、ここに毎朝来ているんですね」

店内を見渡しているお母さんは、ふう、とため息をついた。

まだ家庭内の問題は解決していないみたい。それは、今朝の夏芽ちゃんの様子を見てもわかった。あいかわらず元気がなかったから。

「メニューはどこですか？」

スーツ姿の河村さんが尋ねてくるので、チラッと雄也を見るが答える気はないらしく手際良く料理を進めている。

「ここにはメニューはありません。毎朝、その日の仕入れによって日替わり朝ごはんを提供しているんです」

「へぇ」

相好《そうごう》を崩した河村さんはワクワクしたように目を輝かせた。

その隣では曇り顔のお母さんが、意を決したように私を見た。

「この間は本当にすみませんでした」

「もうその話はいいんです。私も大きな勘違いをしていましたから」

雄也と目が合うと、『やっとわかったのか』とでもいうふうに肩をすくめている。

「あの子、あれから少しは口をきいてくれるようになったんですけれど、まだこの人には打ち解けないままで……」

「そんな話やめなさい。迷惑だろう」

河村さんがたしなめると、お母さんはハッとしたように口を押さえた。

「大丈夫です。私、その話がしたくておふたりをお招きしたんですから」

そう言うと、これみよがしにため息をつく雄也だったけれど、非難はしてこなかった。

「僕が悪いのです」

河村さんの声に顔を向けた。

「中学生になれば夏芽ちゃんも受け入れてくれるなんて、勝手に思っていた。……でも、まだ早かったのでしょうね」

寂しそうに言う河村さんの顔を、なぜか雄也が手を止めて眺めている。

そんな河村さんの言葉に、お母さんは視線を落とした。

「私も同じです。夏芽を第一に考えていたはずなのに、あの子にはそうは映っていなかったんですよね」

　ふたりは本当に夏芽ちゃんのことを思っているんだ、って確信した。それなのに、夏芽ちゃんは昔の思い出の中にいて新しいお父さんを受け入れられない……。

　お互いを思いやっているのに、ボタンをかけ違えているよう。

　なんだか、切なくて言葉が出なかったけれど、ふたりが押し黙っているので、ここは私が話題を振らなくては。

「夏芽ちゃんはきっとおふたりの気持ちはわかってくれていると思いますよ。ただ、素直になれないだけなんです」

「そうでしょうか」

　曇り顔のお母さんに対して、「そういえば」と、河村さんが目を細めた。

「風疹《ふうしん》の予防接種の日のことを覚えていないか？」

「予防接種……」

　落ちこんだ顔のお母さんがぼんやりと視線を漂わせた。

「あの日も散々泣きはらした顔をしていたのに、『ちっとも痛くなかった』なんて強がっていたよなあ」

「ああ、そんなことあったわね」

　気持ちが少しほぐれたのか、お母さんも思い出したように笑った。

雄也の動きに違和感を覚えたのはそのときだった。

「ん？」

小さく声にしてから手元を観察する。今日のメニューは鯖《さば》の醤油煮と切り干し大根だったはず。

なのに、雄也は小さなおひつをふたつ取り出してそこに炊飯器《すいはんき》の中のごはんを移している。

じっと眺めていると、

「用意して」

と、合図をされたので副菜を盛りつけてから味噌汁をついだ。

鯖の醤油煮も置かれ、あとは白米を盛りつければいいのだけど、雄也はなぜかおひつに入ったごはんをお盆の中央にセットしたから驚く。

「お出しして」

短く言ってくるけれど、なんでお茶碗にごはんを入れないのだろう？

とまどう私に雄也は、

「複雑な話こそ、案外簡単なことなのかもしれない」

そう言って私に黒いお盆を差し出した。

「どういう意味？」

聞いても答えてくれないので、それぞれの前にお盆を置いた。

河村さんが、

「ほう、鯖ですか」

とニコニコと魚を眺めている。

「でも、これって……」

お母さんが困った顔をするのも無理はない。真ん中で主張しているのが、湯気をもうもうとたてているおひつに入ったごはんなのだから。

すると雄也は、ふたりの前に陶器の皿を置いた。海苔と、梅干、おかかが配置されている。

これってひょっとして……。

「はい、どうぞ」

次に雄也が差し出したのは、透明《とうめい》のビニール手袋だった。

とまどいながら受け取るふたりに、雄也は言った。

「これでおにぎりを作って食べるといい」

その顔にはなぜか笑顔が浮かんでいた。

ゴールデンウィークはお店も定休日が続く。

昔は開店していたそうだけど、観光客が紛れこんでくることに辟易《へきえき》した雄也が『連休は休む』と宣言したのだ、と園子ちゃんが教えてくれた。

たしかにまだ朝の八時前というのに猿沢池の周辺にはいろんな国の言葉が飛び交っている。

今日もたくさんの人でにぎわうのだろうな。

自転車を走らせ店の前に着くと、やはりのれんは出ていなかった。

「おはようございます」

そう言って中に入ると、

「おう」

と、いつもの短い挨拶。

最近はぶっきらぼうで言葉数の少ない雄也にも慣れてきた。今日の声色からすると、機嫌がいいみたい。一緒にいると、ちょっとしたイントネーションでもわかるほどになっていた。

だけど、解《げ》せないのは……。

「今日、いったいどうするつもり？」

作務衣に着替え、たすきを結びながら厨房に入る。

「臨時開店ってやつだな」

仕こみをしながら言う雄也にあきれる。

「そうじゃなくてさ、夏芽ちゃんの許可もなく家族を呼んで大丈夫なの？　なにをするのか聞いても教えてくれないじゃん」

「まぁ、待っていればわかる」

「はいはい。もうそればっかり」

手を洗いながら不安な気持ちがこみあげてくる。

いったい雄也はなにをしようとしているのだろう？

この間、夏芽ちゃんのお母さんと河村さんにおにぎりを作らせたことに始まっているのはわかる。

悪戦苦闘しながらおにぎりを作って食べたふたりを雄也は眺めてから、

『そうか』

と、納得したようにうなずいていたから。

『子供の日は休み？』

食事を終えたころ、雄也がふたりに尋ねた。

うなずいた顔を見て雄也は、

『じゃあ、九時に家族みんなで来てほしい』

そう言ったのだ。

以来、なにを聞いても雄也は答えてくれない。

謎が今日解かれるわけだけれど、夏芽ちゃんが心を開かない現状では時期尚早な気もしている。

修羅場《しゅらば》にならなきゃいいけど……。

厨房に白米の炊《た》けるよい香りがしている。雄也が手際良く準備しているのは、卵焼きや焼いたウインナーといった普段はあまり朝食には並ばないメニュー。

……違和感。

せっかく夏芽ちゃんたち家族を呼ぶのに、どうしてこんな普通のメニューなのだろう？

「あれ、そういえば味噌汁作ってないよ？」

空っぽの寸胴鍋《ずんどうなべ》がぽっかり口を開けている。

「いいんだ。今日は汁物はなし」

「なし？」

朝食に汁物がないのは初めてのことだった。

「意味がわからない」

と言う私に、雄也はまた言う。

「待っていればわかるさ」

と。

九時を少し過ぎたころ、戸がガラガラと開いた。

「いらっしゃいませ。おはようございます」

声をかけるが、なぜか人の姿が見えない。

なにやら外で言い合っている声が聞こえるので、そちらに向かおうとする私の腕を雄也がつかんだ。

「放っておけ。そのうち入ってくる」

「でも……」

反対しようとして思い出す。この間も雄也の言うことを聞かなかったからややこしいことになったんだ、って。

雄也の言葉通り、しばらくして姿を見せたのは押されるようにして入ってくる夏芽ちゃんだった。

「おはようございます」

私の挨拶にもふてくされた態度で、ずんずん中に進むと右端の席に腰かけた。

「聞いてないんですけど」

朝からご機嫌はナナメのようだ。

「あたりまえだ。言ってないんだから」

そっけなく言う雄也をにらむ夏芽ちゃん。

「なにそれ」

ムスッとした顔のままカウンターに両肘《りょうひじ》をついてあごを載せている。

「今日はありがとうございます」

河村さんがポロシャツにジーンズといった軽装で姿を見せ、後ろからお母さんも。

これで家族が勢ぞろいしたってことだ。

いや、まだ正式な家族ではないのだろうけれど。

「なんで今日開いてるの？　連休は休みでしょ？」

「たまたまだ」

雄也が棚からなにかを取り出した。

それは、プラスチックでできた四角い箱。

これって……。

「連休中も開いてるなら言ってよ。それならここで朝ごはん食べるのに」

隣に座ったお母さんに聞こえるように言う夏芽ちゃんは、

「あーあ」

なんてため息をついている。

修羅場の予感をひしひしと感じてもなお、私には状況が理解できていないので、お茶を出すくらいしかできない。

そのときだった。

忙しく手元を動かしていた雄也が、

「なぁ、夏芽」

と、声をかけた。

「なによ」

夏芽ちゃんと同じように私も雄也の顔を見るが、視線は料理にやったままだった。

「そろそろ素直になれよ」

「は？」

不機嫌さをあらわにした声に、雄也は苦笑した。

「いちいち突っかかるなよ。意地をはっててもしょうがないだろ」

「意地なんて張ってない」

「じゃあ、自分の気持ちをちゃんと言ってみろ」

「……言ってるし」

ぶすっとした夏芽ちゃん。

その瞳が私を見た。その気持ちに同意したいけれど、それじゃあなにも解決しない。

「この間、私に教えてくれたこと、それを伝えるべきだと私も思います」

意外な返答だったのだろう、

「詩織ちゃんまでひどい」

ますます不機嫌に拍車《はくしゃ》をかけた夏芽ちゃんは、カウンターに突っ伏してしまった。

それを助けたのは河村さんだった。

「朝からこんな話やめませんか？　なぁ？」

右側に座っているふたりに向かってそう言うが、お母さんも夏芽ちゃんも反応しなかったので寂しそうに鼻から息を吐いた。

結局、うまくかみ合わないんだ。

それぞれが抱えている悩みや思いは、けっして交わることはなくただ沈黙に変わってゆく。

コトコトと弱火で煮られている小鍋からの音だけが聞こえた。

誰もが相手の動向を意識しながらも、なにもできない時間が続いている。

沈黙を破《やぶ》ったのは、雄也だった。

「失ってから気づくこともある」

夏芽ちゃん以外の視線が向く中、雄也は鍋の蓋を取って白い煙にぼやける。

「俺には妹がいる」

笑顔で言う雄也はすごく幸せそうに見えた。

けれど、その表情は一瞬で変わる。

「だけど、今はいない」

静かな口調なのに、それはなぜか痛みを含んでいるように思えた。

「そばにいるときにもっと気持ちを言葉にすべきだった、と今ならわかる。失くしてからだと遅すぎるんだよ」

ゆっくりと顔を上げた夏芽ちゃんが不思議そうな顔をする。

その目を見つめた雄也の瞳が、悲しみ色に染まった気がした。

「だから、言いたいことをこらえずにちゃんと言葉にしたほうがいい」

それだけ言うと、雄也は私に、

「あとはまかせた」

と言って料理を続けた。

そんなこと言われても、私だって衝撃《しょうげき》を受けている真っ最中なのに。

雄也が妹の穂香さんのことを自ら口にしたのは初めてのこと。やっぱり彼も後悔の途中にたたずんでいるんだ、とわかった。

雄也は自分がしてきたことを悔いながらも、ここに来る同じような悩みを持つ人を助けたい、と思っているのかもしれない。

苦しさや悲しみをここに置いて、〝新しい一日〟を元気で過ごしてほしい。

そう思っているのだろう。ぶっきらぼうだけど、彼はやさしい人なんだ、と思った。

なんだか泣きそうになりながらも私も夏芽ちゃんに言う。

「どうか、話をしてください」

「でも」

「話をして、それでも解決しないなら仕方ないと思います。だけど、やっぱり雄也
……店主の言うように気持ちを伝えなくちゃはじまりません」

視線を落とした夏芽ちゃんが、湯呑を両手で包んだ。

何度か呼吸を大きくして、やがて彼女は話しだす。

「……あたし、お母さんが好き」

ハッとしたお母さんが夏芽ちゃんを見た。

「お母さんには幸せになってほしいと思ってるよ。それに、河村さんもいい人だと知っているから」

「夏芽……」

「でも、できない」

つぶやくように言ってから、夏芽ちゃんはお茶をひと口飲んだ。

「……だって本当のお父さんに悪いから」

絞りだすように口にした夏芽ちゃんの目に涙が浮かんでいた。

河村さんはなにも言わずにじっとその顔を見つめている。

「たったひとつしかないお父さんとの思い出。奈良公園で食べたお弁当、最後の言葉」

うまくまとまらないのか、短い言葉で言う夏芽ちゃんが息をついた。

「お父さんは言ったの。『夏芽が大きくなったら、きっとまた会いに来るから。それまで忘れないでいてくれ』って。だから、ずっと待っているの。それがそんなにいけないことなの？」

お母さんが河村さんを見た。その目がなにかを言いたがっているように思えたけれど、河村さんが首を横に振るので、また視線を戻した。

雄也が言葉を発しないので、

「それはお父さんに対する罪悪感から？」

と、尋ねると夏芽ちゃんは唇をかんだままこくり、とうなずいた。

「お母さんと河村さんが結婚するのはかまわない。でも、あの日の約束があるから……お父さんを裏切るみたいで、だから……」

夏芽ちゃんの頬から涙がこぼれ落ちる。

「私が新しい家族を受け入れたら、きっとお父さんは悲しむよ。あの日の約束を忘れてしまった、って思われて、二度と会えなくなる」

静かに泣く夏芽ちゃんを見るふたりの表情が、同じように悲しみに彩《いろど》られてゆくよう。悲しみはたとえ共有しても軽くなるどころか、そのぶんもっと重くなってしまうんだ、と思った。

「できたぞ」

雄也の声に意識を彼に戻すと、お盆の上には朝ごはんが完成していた。

けれど……。

「え、これって……」

そこにあるのは三つのお弁当箱だった。

黒いプラスチックの蓋は閉められていて、中身は見えない。

三人の反応も私と同じだった。

運ばれてきたお弁当箱を、それぞれがいぶかしげにじっと眺めている。

「どうしてお弁当なの？」

涙をぬぐいながら夏芽ちゃんが聞くと、雄也は肩をすくめた。

「食えばわかるさ」

「ヘンなの」

蓋を開けると、右半分にはさっき作っていた卵焼きやウインナー、そして肉じゃがらしき煮物が詰められていた。そして、左側には……。

「おにぎりですか？」

河村さんがとまどったように口にした。

「この間もそうでしたよね」

お母さんも同じように眉をひそめている。

三つならんでいるおにぎりは、いつも店で出すそれとは明らかに違っていた。

まず、海苔が巻いていなかった。それに倒した状況で置かれている。さらに不思議なのは、中身の具だ。

梅や鮭が白米に包まれているのではなく、おにぎりの三角型の平面部分に埋《う》めこまれて半分顔を覗かせていた。あとから押しこんだように無造作な具材が、気をつけて持たないとこぼれてしまいそう。

「うそ……なんで？」

声のほうに視線をやると、夏芽ちゃんの様子がおかしい。

おにぎりを見つめる視線が左右に揺れて、信じられないような顔をしている。

答えを求めるように夏芽ちゃんは雄也を見た。

「どうして……？　どこでこれを？」

「見覚えがあるのか？」

「うん、うん……」

声を震わせながら、夏芽ちゃんはまたおにぎりを注視する。

「これ、お父さんが、お父さんが作ってくれたおにぎりに……似てる」

まるで消えてしまうかのように、顔を近づけてつぶやく。

「そうか」

「ねぇ、どうして？　なんで⁉」

オロオロする夏芽ちゃんに雄也はなぜか河村さんを見やった。

「もう本当のことを言うべきだろう？」

雄也は、なにを知っているのだろう。

「いや、しかし……」

河村さんはあからさまに動揺したそぶりを見せた。

なにが起きているのかわからずに、私は取り残されている気分。

それは夏芽ちゃんも同じようで、みんなの顔を何度も見回している。

その肩をお母さんが抱いた。

「お母さん？」

「ごめんなさい……。夏芽、ごめんなさい」

そう言ったお母さんはもう泣いていた。

「どうしたの？　お母さんどうしちゃったの？」

「お母さん、なんにも夏芽のことわかっていなかった。まさか、悩んでいる原因がそれだったなんて、知らなくって……」

顔をくしゃくしゃにゆがめてお母さんは言う。

「わからない。わからないよ」

「……なんで？　どうして謝るの？」

「まだわからないのか」

そう言った雄也が夏芽を見るその目はやさしげだった。

「え？」

目じりを下げたまま、雄也は口を開く。

「お前の記憶にいるお父さんは、ここにいる河村さんなんだよ」

その言葉に、時間が止まったような気がした。

ぽかん、とする夏芽ちゃんと同じように私もあまりの衝撃に動けずにいた。

お父さんが、河村さん？

「え？」

ようやく口を開いた夏芽ちゃんも、冗談だと思ったのか首をゆるゆると横に振る。

「やめてよ、そういうの笑えない……」

雄也に聞いてもムダだと思ったのか夏芽ちゃんがお父さんのほうを見ると、肩から手を離したお母さんが目を閉じた。

「夏芽ちゃん」

低音の声は、河村さんの口から発せられていた。

「店主さんが言ったのは本当のことなんだ」

「え?」

「あの日、きみと奈良公園に行ったのは、僕なんだよ」

まっすぐに夏芽ちゃんを見て、河村さんは言った。

「ウソ……。だって、本当のお父さんは……?」

「あなたのお父さんとは離婚してから一度も会ってないのよ。どこでどう暮らしているのかすら知らない」

目を閉じたまま苦しそうにお母さんが言葉を絞りだした。

「でも、でもっ」

そこまで言ってから、夏芽ちゃんは河村さんを見た。

ふたりの視線が重なる。

「……なんで河村さんが?」

目を逸らさずに河村さんは口を開いた。

「僕とお母さんが出逢ったのはもう十年以上前のことなんだ。そのころ、きみはまだすごく小さかった」

静かに話す言葉に、私は唖然《あぜん》とするしかなかった。

「ずいぶん前に離婚したせいで父親を知らないきみは、僕のことを本当のお父さんのようになついてくれたんだよ」

そっか……。

ふたりがそれくらい前からつき合っていたなら、夏芽ちゃんは河村さんのことを本当のお父さんだと勘違いしても無理はない気がした。

夏芽ちゃんはまだ理解できないのか、きょとんとした顔のまま。

「じゃあどうしてあの日を最後にいなくなっちゃったの？　あのままそばにいてくれたら、こんな記憶の間違いもなかったのに」

すると、河村さんとお母さんがまた目を合わせてから黙ってしまった。

押し黙るふたりに、雄也が援護する。

「俺が思うに、きっと夏芽が拒否したんじゃないか。違うか？」

お母さんがためらいながらもゆっくりとうなずいた。

「……あたしが？」

「きっと反抗期に差しかかったのだと思うの。ある日、急に河村さんを拒否しだしたの」

思い出すように目を細めたお母さんが言うと、夏芽ちゃんは記憶をたどろうとしているのかキュッと目を閉じた。

「ふたりで何度も話し合ってね。夏芽が大きくなるまでは会うのはやめることにしたのよ」

うつむいたままのお母さんに夏芽ちゃんが、

「覚えてないよ。私……覚えてない」

また泣きだしそうな顔に変わってゆく。

「だから、最後に奈良公園へふたりでピクニックに出かけたの。そのことを夏芽が覚えていたなんて、お母さんぜんぜん思ってもいなかった」

「覚えてないよ！」

夏芽ちゃんは悲痛な叫び声をあげた。

「そんな……。じゃあ、あたしのせいで？」

ぽろり、と涙をこぼした夏芽ちゃんは荒く息をしている。

「違うわよ」

お母さんが力を入れて肩を抱いても、駄々《だだ》っ子のように首を横に振るだけ。

「あたしが拒否したせいでふたりは幸せになれなかった、ってことでしょう？」

なんだか胸がモヤモヤしてきた。余計なことは言わないほうがいいのに、なんだか言葉がお腹のあたりにたまってきているのがわかった。

夏芽ちゃんはお母さんの手をほどくと、

「そんな昔にふたりを傷つけて、それで今でも反対しているなんて最低じゃん。しかもウソの記憶で混乱してたなんて……」

「違う、と思います」

気づいたときにはもう言葉にしていた。

思ったよりも大きな声での発言に、みんなの視線が一斉《いっせい》に集まるのを感じながら、私は夏芽ちゃんを見た。

「夏芽ちゃんのせい、じゃなくて、夏芽ちゃんのため、だと思います」

「でも、拒否したことには変わりないし」

「それがその日の夏芽ちゃんの気持ちなら仕方ないです。それに、おふたりもそう受け止めたんだと思うんです」

ふたりを見ると、深い肯定の目で私を見ていた。

夏芽ちゃんは鼻をすすると、

「あたしはどうすればいいの？　だって、全部自分が勘違いして覚えていたんだよ？　これからどうすればいいの？」

そう私に尋ねた。

この小さな体と心で一生懸命《いっしょうけんめい》考えている彼女を救いたい。

「全部がわかった今も、夏芽ちゃんはまだ新しいお父さんを受け入れられないのですか？」

「……わからない」

本当にわからないのだろう。唇をぎゅっとかんで涙をこぼす姿に、静かに私はうなずいた。

「だったら」

そこで一息ついた。

「今からでもやり直せるんじゃないでしょうか？　おふたりは急いで結婚をするつもりもないと思いますよ」

そのとき、ずっと黙っていた河村さんが口を開いた。

「僕たちにとって一番大切なのは、夏芽ちゃんなんだよ。十年待ったんだから、あと何年待っても同じだよ」

にこやかに笑う河村さんは本当にやさしい人なんだ、と思った。

「でも……」

まだ迷う夏芽ちゃんの頬にこぼれる涙を、お母さんはハンカチで拭いた。

「私も少し焦ってたのね。あなたの気持ちを考えようともしなかった。これからは十分気をつけるから」

　自分のほうが涙でぐしゃぐしゃなのに、なんだかほほ笑ましくてそのぶん、泣きそうになってしまう。

　うつむいた夏芽ちゃんに雄也が言う。

「どうでもいいが、さっさと食ってくれ。せっかく作ったのに冷めちまうだろ」

　ぶっきらぼうな言いかたに、夏芽ちゃんは顔を上げた。ああ、さっきよりもやさしい顔になっている。

「うん」

　箸を手にした夏芽ちゃんにならって他の人も食べ始める。

　三人が揃《そろ》っておにぎりをほおばる姿に、自然と目じりが下がってしまう。

「どうして雄ちゃんは私の記憶にいるお父さんが、河村さんだってわかったの？」

　こぼれる具に苦戦しながら尋ねる夏芽ちゃんに、雄也が洗い物を片づけながら、

「んなの簡単だ」

　と、言った。

「それ私も聞きたいです」

　私もそう言うと、雄也は「やれやれ」とでもいう感じで蛇口を止めた。

「こないだふたりがここに来たときに、自分で言ってただろ」

「え？」

思い当たる節《ふし》がなく、夏芽ちゃんと顔を見合わせた。

「河村さんは、『風疹の予防接種の日のことを覚えていないか？』と、言っていた。風疹の予防接種は普通、小学校に上がる前に終わらせることになっているはずだ。つまり、そんな幼いころから夏芽と関わっていた、ってことだ」

そういえばそんなことを言っていた記憶がある。今さらながら思い当たる事実に、雄也は私を見てうなずいてみせる。

「だから確認のためにおにぎりを握らせてみた。夏芽が前に言ってたろ、『普通じゃないおにぎり』だった、って。たしかにこれは普通じゃない」

雄也の批評に河村さんは顔を赤らめた。

「最後の弁当は自分で作りたくて、これでもがんばったんですよ。料理なんてしたことなくって散々なお弁当でしたけどね」

ああ、そうだったんだね……。

夏芽ちゃんも納得したのか「そっか」と晴れやかにほほ笑んだ。

「でもあの日のお弁当は本当においしかったよ。また作ってほしいな」

河村さんの顔がゆがみ、頬に一瞬で伝った涙が、長い年月彼女を見守ってきたことを表していた。

心地良い沈黙が、家族を包んでいるように思えた。

食べ終わった三人を戸の外で見送るときも、穏やかな雰囲気は続いていた。

「じゃあまたね」

片手を上げた夏芽ちゃんに、

「はい」

笑顔でうなずいた。

「お世話になりました」

頭を下げたお母さんと河村さんに同じように礼を返す。

歩き出そうとした夏芽ちゃんが、ふと振りかえったかと思うと、

「あのさ」

と、ためらいがちに口にした。

「はい」

「これから……少し来る回数減っちゃうかも」

照れたように言ったのでうれしくて私はうなずいた。

「はい。いつでもお待ちしていますから」

あの公園でまたこのおにぎりを食べられる日がくるといいな。

そのときには、三人で笑い合っている姿ならうれしい。

「今日が、みなさんにとって〝新しい一日〟でありますように」

心からそう伝えると、新しい家族になる三人がにっこりと笑みを返してくれた。

ゴールデンウィークが終わると、野菜を洗う水の温度もさほど冷たく感じなくなる。

五月晴れの空の遠くにまだ飾られたままの大きなこいのぼりが見えた。

ナムがそれをベンチに座って不思議そうに見ている。

「あれは食べられないんだよ」

野菜を入れたカゴを手に教えると、大きなあくびをしてからナムは目を閉じた。

「やほ」

声に振り向くと夏芽ちゃんが歩いてくるところ。

「今日は自転車じゃないんですね」

「お母さんに車でそこまで送ってもらったんだ」

にこやかに言うと、ナムの横に腰をおろしてその頭をなでる。

私はまださわらせてもらえていないのに、少しうらやましい。

「ご家族のみなさんはお元気ですか？」

あれから数日おきの来店に減った夏芽ちゃんは、前のように明るい表情を取り戻していた。

「元気も元気。今日は有休を取ってふたりでデートだってさ。誘われたけど、さすがに邪魔したくないでしょ」

「なるほど」

うなずきながら店内へ案内する。

「おはよ、雄ちゃん」

いつもの席に座った夏芽ちゃんが、「あ、今日おにぎりだ」と、カウンターに置かれているおひつを目ざとく見つけてはしゃいだ。

「こないだのアレはおにぎりとは呼べないからな」

「ひどい。あれだって立派なおにぎりだもん」

抗議しながらも夏芽ちゃんはニコニコと笑っていた。

「まぁ、前に出したやつと同じだけどな」

手際良く握ってゆく雄也。前にも出した『香りゴボウと牛肉の甘辛おにぎり』だ。

「ナムもおはよ」

左端の席に丸まっているナムは、チラッと顔を見て「なーん」と答えている。

できあがった朝ごはんを運ぶと、

「いただきます」

手を合わせて、すぐに両手で持ったおにぎりをほおばった夏芽ちゃんが、「おいしい！」と身もだえしている。

「あたりまえだ」

ふふ、と笑って夏芽ちゃんが宙に視線をやった。

「こんなふうに、おにぎりを見て笑える日がくるなんて思わなかった」

そうだよね、あの日同じおにぎりを食べていた夏芽ちゃんからは想像できないほど、心が元気になっているのが伝わってくる。

「よかったですね」

「うん」

うなずいた夏芽ちゃんに、ふと疑問が浮かんだ。

「そういえば、今さらですけれど……あの手首の傷はなんだったのですか？」

そもそもあれが、私の勘違いするスピードを一気にあげたのだった。それに答えたのは雄也だった。

「ナムのせいだろ」

「さすがは飼い主。わかってんじゃん」

ふたりの様子に「え？」としか言えなかった。

夏芽ちゃんはナムに目をやると、

「前にさ、爪切りをしてあげようとしたら大暴れされちゃったんだよ」

と、事の次第を明かしたので驚くしかない。

「それで、あの傷が？」

「詩織は早とちりしすぎなんだよ。その突っ走るクセはなんとかしたほうがいい」

ここぞとばかりに攻撃《こうげき》してくる雄也にムカッときたけれど、そこは自分でも自覚しているので言いかえせない。

「でもさ、雄ちゃん。そのおかげであたしは救われたんだよ」

「大げさだ」

ふん、とそっぽを向く雄也から私に視線をうつすと夏芽ちゃんはぺこり、と頭を下げる。

「詩織ちゃんおかげだよ。本当にありがとう」

「そんな、私なんて……」

「そうだ。調子にのるだけだ」

なぜか口を挟《はさ》んでくる雄也をにらむと、意外にも笑顔がそこにあった。

つられて私と夏芽ちゃんも笑ってしまう。

夏芽ちゃんの抱えていた悩みは、この店に置いていったんだな、と思った。

おにぎりの白い湯気と一緒に消えていった。

そんな気がした。

思い出おにぎり Recipe2
～香りゴボウと牛肉の甘辛味～

材料（二人前）

- お米…………1合
- 牛細切れ肉…40g
- ごぼう………30g（3分の1本）
- しょうが……小さじ4分の1
- にんにく……小さじ4分の1
- お酒…………大さじ2
- 砂糖…………大さじ1
- みりん………大さじ1
- 海苔…………4枚
- 醤油…………大さじ2
- ごま油………適量
- 青ネギ………5g

作りかた

1. 牛肉・しょうが・にんにく・お酒をビニール袋に入れ20分漬け込む
2. ごぼうはささがきにしたのち1口大に切り酢水に入れる
3. フライパンにごま油をひき、水切りした2をしんなりするまで炒める
4. 1を加えさらに炒めてから、みりん・醤油・砂糖を加える
5. 水分がなくなるまで中火で炒め煮し、最後に小口に切った青ネギを加える
6. ボールに炊いたお米を入れ、5を混ぜ合わせ握ったら海苔を巻いて完成

第三話　茶粥が見ていた永《なが》い恋

六月になり降り出した雨は、奈良に梅雨を連れてきた。

毎日降り続く雨に三笠山《みかさやま》も姿を消して、ここが盆地であることを忘れさせるよう。三笠山は奈良を象徴する山で、三つの山が重なって見えることからその名前がついているらしい。山の形に似ていることから、この地では『どら焼き』のことを『三笠焼き』と呼ぶそうだ。

どうりで、お土産物屋さんにはやたら特大のどら焼きが並んでいるわけだ。

お客さんがひけた昼過ぎ、お茶を飲むころになると、お盆に載せた食事が目の前に置かれる。これで私の休憩時間は終わりを告げる。

「行ってきます」

お盆を手に店を出ると、赤いカサをさして行き止まりの道へ歩く。水たまりになりかけている地面を避けながら石でできた階段の下まで来ると、先を見つめた。

雨のせいで果てしなく暗く見える階段の先に、山門と呼ばれる寺の入口がぼやけて見えている。

何度来てもこの階段を登るのだけは慣れない。

苔《こけ》が生えていて滑《すべ》りやすいし、左右にある竹藪《たけやぶ》も手入れされていないのでホラーっぽい雰囲気が気持ちを萎《な》えさせる。さらに今日は雨なので、カサのせいでお盆が持ちにくくて仕方ない。

「行こう」

自分に気合を入れてお盆を手に一歩ずつ登ってゆく。

案《あん》の定《じょう》、足を取られそうになりながらも安全優先で上まで登ると、ようやく山門の向こうに本堂が顔を出す。

ここが『手葉院《てはいん》』という寺院であることを知ったのは最近のこと。

だって、ただの行き止まりだと思っていたから。実際に、観光客がここに来ているのも見たことがない。

それくらいさびれた古いお寺。階段の下に看板くらい出しておけばいいのに、変わり者の住職《じゅうしょく》の意向で観光客を呼びこむ気はないとのこと。こういうところは、うちの店主と似ている。

その店主である雄也に渡されたのは、お盆に載せられた今日の朝ごはん。

「冷める前に届けろよ」

の命令も、こんな雨ばかりの日々ではやや難易度が高くなっている。

本堂の脇に入ると、古ぼけた小さな扉をノックしてから中に入る。

「和豆《わとう》さん」

声をかけるが返事はない。和豆さんは、この手葉院のたったひとりの住職だ。

雄也が昼の買い物に行く前に毎日ごはんを差し入れしていることを知ってから、その役は私に移行されてしまった。代金をもらっている気配はないので、その理由を尋ねると、いつものように『余計な詮索《せんさく》はするな』とたしなめられてしまったので聞けずじまいになっている。

「和豆さーん！」

さっきより大きな声で呼んでから、周りを見渡す。外観よりもさらに古く見える内部は、板張りの床も色が黒に近く染まっていて今にも割れそうに見える。空気が淀《よど》んでいるように思えるのは錯覚かもしれないけれど、長居したくなる場所ではない。

それに、そう思ってしまう理由はもうひとつあって……。

——ギシッ。

床を踏み鳴らす音が聞こえたかと思うと、その理由が顔を出した。

雄也と同じく作務衣に身を包んだ和豆さんは、雄也よりもずいぶん年上に見える。剃《そ》り落とした髪に今日も無精《ぶしょう》ひげを生やしていて、たぶん三十歳は超えていると思われる。

熊のように大きく、筋肉に覆われたがっしりした体格に似合う色黒な肌は、一見すると怖い人にしか見えない。

見た目はこの上なく男らしく、日本男児そのもの。

なのに……。

「イヤだ、詩織ちゃんじゃないの。気づかなかったわよぉ」

クネクネと体をゆすって、「おほほほ」と、笑いながら走ってくる彼に今日も逃げたくなるのです。

「今日のごはんです」

お盆を手渡す私に、

「あら、今日も冷たいのねぇ」

と、いかつい顔で言うものだから体をのけぞらせてしまう。

「ごはんは温かいままのはずです」

「イヤだ。詩織ちゃんが冷たい、って意味よ」

「そんなことありません。ただのお使いで来ただけですから」

この強烈《きょうれつ》なキャラは近所のおしゃべりおばさんに近いものがある。最初はニコニコと話をしていたのだけれど、その話は途切れることがなく永遠に続いてしまうのだ。ということで、仕事中の対応についてはあくまでビジネスライクに接することにしている。でないと、時間が何時間あっても足りないから。

「他人行儀じゃないの。さみしいわ」

人差し指を唇に当てて見てくる。その上目遣《うわめづか》いはやめてほしい。

「他人ですってば。……それじゃあ」

さっさと退散して買い物に行かなくては。こんな雨降りだと自転車も使えないし、早く行かないと就業時間が終わってしまう。最近は料理のレクチャーはあきらめたらしい雄也の代わりに買い物に行くことも増えていた。

出ていこうとする私の腕を大きな手がつかんだ。すねた顔の和豆さんは膨れっ面をして離さない。

「やだ。お茶でもしていきなさいよ。今日はまだ誰とも話してないのよ。それにこの雨でしょう? なんだか朝から気が滅入っちゃってるのよ。ね、少しだけ」

すねた顔の和豆さんは膨れっ面をして離さない。

「もう……」

ビジネスライクに、なんて決めごとも和豆さんにとっては知ったこっちゃないわけで。早々に切り上げる作戦も、私の負けが続いている状況。

体の力を抜いた私は、今日も敗北を認める。ツルッとした頭のまま、和豆さんはにっこりとほほ笑んだ。

「わかりましたよ。それより温かいうちに召し上がってくださいね」

「わかってるって。はい、あがってあがって」

パタパタと小股《こまた》で駆けてゆく後ろ姿にため息。

あきらめて上がり框《かまち》にあがって奥の和室に通されると、さっき頭に浮かんでいた『三笠焼き』が皿に載っていて驚いた。

横にはグラスが置いてある。カラン、と氷が夏の音をたてるグラスの中には、黄金色の液体が入っていた。

「こないだ漬けた梅ジュースよ。まだ浅いからそこまで味は染みてないかもしれないけど、けっこういけるのよ」

うふふ、と笑う住職さんってなかなかレアかもしれない。

毎回届けるたびにこうして食後のデザートを出してくれる和豆さん。彼のおしゃべりを断りきれないのは、この楽しみについつられてしまうのもあるわけで。

「いただきます」

梅ジュースを少し口に含むと、甘酸っぱさと角砂糖の甘さが広がった。

正座している和豆さんは満足そうに私を見ると、

「いただきまーす」

と、高い声を出してお盆に載っている土鍋の蓋を開けた。白い湯気がぼわっと宙に流れる。

レンゲで鍋の中をすくうと、茶色に染まったお米が現れた。

これは、『茶粥』というものらしい。

副菜は違えど、毎回和豆さんに届ける朝食は必ず茶粥なのだ。

「そんなに茶粥が好物なのですか？」

三笠焼をほおばりながら尋ねると、和豆さんは熱そうに口の中に空気を入れながら、

「朝はこれ、って決めているのよ。茶粥ってね、〝おかいさん〟と呼ばれて昔からこの地方では常食だったのよ」

「常食ってことは、こればっかり食べていたってことですか？」

白米を食べる習慣がなかったのだろうか？

「他にもお茶の量によって〝あげ茶〟とか〝ごぼ〟なんて呼ばれているくらい、調理方法も様々だったのよ。あたし、これを食べなきゃ一日が始まらないのよねぇ」

もう昼過ぎだというのに、おいしそうにほおばりながら言う和豆さんの朝は遅いらしい。

「緑茶じゃなくて、茶色いお茶なんですね」

「これはほうじ茶よ。奈良で茶粥、って言えばほうじ茶を使うのが一般的よ」

「でも、同じ味だと飽きちゃいそう」

「だって、常食だもの。それに、古来から続いている伝統を守っている感じも好きよ」

ウインクまでしてくるので、少し体をのけぞらせて曖昧にうなずいておいた。

「詩織ちゃんはもう仕事には慣れたの？」

尋ねてからさらに茶粥を口に運ぶ和豆さん。背後にある中庭からは、雨の音だけが

聞こえている。梅雨さえ終われば夏がやってくるんだ。

なんとか季節をひとつ越えられそうなことにホッとしていた。

「少しは慣れたと思います……」

「けど？」

不思議だけれど、和豆さんはこうして私の心理を読み取ってくる。初めは抵抗していたけれど、誰かに話を聞いてもらえるのは正直うれしくって、つい打ち明けてしまう。

「なんだかもどかしくって」

今日もまた心にあるモヤモヤを聞いてもらう私。

「もどかしい？」

「なんて言えばいいのか……仕事も接客も、もっとうまくできるようになりたいんです」

夏芽ちゃんのこともそうだけれど、雄也が言うようにお客さんと接しているとみなそれぞれに悩みがあるんだ、って知ってしまう。もちろん雄也は『余計なことはするな』って言ってくるけれど、自ら首を突っこんでいるのは紛れもなく私。そのくせ、気の利いたことやアドバイスができない自分がもどかしかった。

和豆さんは黙って最後の一滴《いってき》まで茶粥を飲み干すと、

「それでいいのよ」

と、言った。

「いい、って？」

「詩織ちゃんはそれでいいの。今のままでじゅうぶん役に立ってるわよ」

「そうかな……」

唇をとがらせる私に、和豆さんは「そうよ」と力強くうなずいた。

「あなたにはあなたの役割があるのよ。向上心は大事だけれど、あまり焦らずにやりなさいよ」

「あ、はい」

素直にうれしかった。和豆さんのやさしさが心にまっすぐに届いた気がしたから。

住職というだけあって、和豆さんはこうして私がほしい言葉をくれる。だから、つい長居してしまうのかもしれない。

ふと、和豆さんという人物に興味を覚えた私は、

「和豆さんはどうしてこの仕事についたのですか？」

と、聞いた。

素直な質問に、和豆さんは「まぁ」と、少し上を向いた。

「あたしなんて跡をつがされた、ってやつよ。親父が急に死んじゃってね、血縁であ

るあたしに番が回ってきたの」

「それでもよくやりましたね」

　オカマなのに。

　言いかけた言葉をジュースで飲みこむと、

「もちろん初めはイヤイヤだったわ。だけどね、ここにいるとなんだか落ち着くのよ。仏様とだけじゃなくて、自分とも向き合える気がするの。それにね……」

　妙にもったいつけて薄笑いを浮かべる和豆さんにギョッとした。

「それに……？」

「わたし、霊感があるみたいなの。幽霊が見えるのよ」

「幽霊？　それって、あの幽霊？」

「他にどんな幽霊がいるのよ。だから、この職業が天職だと思って」

　冗談かどうかわからないことを平然と言う和豆さんは、宙を見上げて口元に笑みを浮かべた。

「もうひとつ言えば、ここには雄ちゃんもいるし」

「雄也がなにか？　ああ、ごはんですか？」

　昼ごろに差し入れする朝ごはんを楽しみに待っている、ってことか。たしかに食費は浮くしね。

ひとりで納得していると、

「おいしそうじゃない」

さっきよりも低い声で和豆さんは言った。

おいしそう？　朝ごはんはいつも食べているから『おいしいじゃない』の間違いでは？

目が合うと、和豆さんはふにゃ、と顔から力を取り去って恍惚《こうこつ》の表情になる。

「雄ちゃんってさタイプなのよね。どんな味がするのかしら」

ぐふふふ、と男の声で笑う和豆さんがまるで化け物のように見えたのは内緒にしておこう。

奈良町通りに出ると、雨はいよいよ本格的に激しくなってきていた。

観光客の姿はちらほらとしかいない。古い町並みが続くならまちには、雨の日のほうが風情がある、と勝手に私は思っている。

濡れた柱や、イチョウの木ですらもおごそかな雰囲気を醸《かも》し出しているように見えるからだ
猿沢池についたころには、作務衣はところどころ雨で濃い色に染められていた。

「早く行かなくちゃ」

商店街の真ん中にあるスーパーまではあと少し。

猿沢池のほとりを急ぎ足で歩いていると、池を打つ雨の音が聞こえた。

雨はいつも音が違う。

和豆さんのお寺にいるときは、さらさらと聞こえていた音も、ここではバラバラと耳に届いていた。

足を止めたのには理由がある。

それは、前方にカサもささずに立っている人がいたから。

若い女性が雨の中、ぼんやりと池を見ている。

……カサがないのかな。

長い髪を濡らしている横顔は、悲し気な表情を浮かべているように見えた。

声をかけるべきか迷ったけれど、このままじゃ三時までに店に戻れない。半ば小走りのようにしてスーパーに向かった。

商店街にはたくさんの人がいたけれど、さすがに地元のスーパーに観光客はいないようだった。

カゴを手に、言われた品々を吟味《ぎんみ》していると、

「詩織ちゃん」

声がして振り向いた。

今日もしっかりとメイクをした園子ちゃんがオレンジ一色の雨がっぱ姿で立っていた。

「あ、園子ちゃん」

最近はちゃん付けで呼ぶことにも抵抗がなくなっていた。

うちで朝ごはんを食べたあと買い物をしてからご出勤、ってとこだろう。さっきお店で見たときより一層、いや二層くらいはメイクが濃くなっている。

「なんや。今日はえらい遅いな」

「そうなんですよ。急がないと残業になっちゃう」

レタスを裏返してヘタの白いものを選びながら答える。買い物をするたびにダメ出しが続いていたので、さすがにしっかりと選ぶようになっているこのごろ。

「それじゃあ急がんとな」

と、言いつつ園子ちゃんはまだ話し足りないようでその場を動かない。私って、話しかけやすいタイプなのだろうか？

「そうや、詩織ちゃん。この間、穂香ちゃんのこと聞いてきたやろ？」

突然その名前が出てびっくりした私は、

「ああ」

曖昧に答えて次の野菜を探すべく移動する。

先月、穂香さんが妹だと聞いた。そして、『雄也が店をやっているのは穂香さんのためだ』とも。

その話の続きは聞いていない。園子ちゃんとふたりきりになる機会がなく、そもそも雄也には聞けるわけないし。

触れてはいけない情報のような気がしていた。

「その話はいいんです」

「なんで？」

あまりにも不思議そうに尋ねる園子ちゃんに笑ってしまう。

「私が知ってもどうしようもないことですから」

「あかん」

「やかん？」

「ちゃうわ。聞いたほうがええ、ってことや」

カゴを足元におろした園子ちゃんの顔は、なぜか真剣だった。とまどう私に園子ちゃんは言った。

「詩織ちゃんには知っていてほしいんや」

「でも……」

まだ躊躇《ちゅうちょ》する私に、園子ちゃんは「あのな」と勝手に話をしだす。

「雄ちゃんと穂香ちゃんは一緒にあの店を開いたんや」

「……」

「そりゃ仲のいい兄妹でな、穂香ちゃんのファンのお客さんで昔はすごいにぎわってたんや。雄ちゃんもいつもニコニコしててな、その視線の先にはいつも穂香ちゃんがいたんや」

そう言えば、この間穂香さんの話をしてくれた雄也は見たこともないくらい穏やかな顔だったな……。でも、そのあと、彼は悲しい顔になったんだ。

黙っている私を気にすることなく園子ちゃんは話し続ける。

「でも、八月のある日……ぱたりと穂香ちゃんは店に顔を出さんくなったんや」

「……どうしてですか？」

興味に負けたようでくやしいけれど聞きかえしていた。園子ちゃんは少しだけ私に顔を寄せると、

「失踪《しっそう》した、って噂《うわさ》や」

と、短く言った。

ああ、やはり聞くんじゃなかった。

「初めはな、うちらも楽観視していたんや。すぐに戻ってくる、って思ってた。けどな、時間だけがどんどん過ぎていってしもうてな……。気づけば雄ちゃんの口数は、

どんどん減っていってしもうたんや」

「そんなことが……」

「書き置きを残して出ていったらしい。それしか言わない雄ちゃんは、今みたいに無口そのものになってしまった。聞いても穂香ちゃんの話になると貝みたいに口を閉ざしてしまう。だから、誰もそのあとがわからへんのや」

「じゃあ、それ以来穂香さんの姿を見た人はいない、ってことですか？」

静かに尋ねると、園子ちゃんはため息で答えた。

そうだったのか……。ふたりで始めたお店なのに大切なパートナーを失ったってことか。

なんだか雄也の知らない一面を見てしまった。

「助けてあげてほしいんや」

園子ちゃんの声はさっきよりも真剣に聞こえて、思わずその目を見た。

素人同然の私を拾ってくれた雄也。ともにお客さんの〝新しい一日〟を応援したいという気持ちはある。もしも雄也自身も〝新しい一日〟を踏み出せずに苦しんでいるのならば、私がその力になりたいって思う。

でもどうすればいいの？

「雄ちゃんをラクにしてあげてほしい。詩織ちゃんやったらできる気がするねん」

覚。

「気のせいですよ」

そう答えるのが精いっぱいだった。ああ、またいつものもどかしさが襲ってくる感覚。

私の言葉に園子ちゃんは肩をすくめた。

「ま、気にせんといて。一応、伝えたかっただけやから」

陽気に去ってゆく園子ちゃんを見て、野菜の棚に意識を戻した。

それでもまだ、胸に引っかかっている感情が集中を邪魔している。

それは、雄也の悲しみのように思えた。


スーパーを出て猿沢池まで戻ったころには、雨は小降りになっていた。

閉店まであと三十分を切っている。なんとか時間内で終われるだろう。

池のほとりでまた足を止めたのは、さっき見た女性がまだ同じ場所で立っているのが見えたから。

あれからいくらか時間は経ったはずなのに、まるで絵画のように立ち尽くしていて動いていないように思えた。

後ろを通り過ぎてから振り向いてみると、やはり悲しい横顔がそこにあった。

雄也の『余計なことはするなよ』の声が聞こえたような気がしたけれど、私は女性の横へと足を進めていた。

「あの……」

ためらいがちに声をかけた私に、初めて気づいたようにゆっくりと女性は顔を向けてくる。私と同い年くらいだろうか、メイクも雨で流れてしまっているだろう彼女は、それでもとても美しい顔をしていた。

「どうかしましたか？」

声をかけると、少しだけ目を開いた女性は、

「え？」

気弱に答えた。びしょ濡れの髪から雨のしずくが途切れなくこぼれていた。

「雨が……」

なんて言っていいものやら、空を指さした私に女性は、「ああ……」とつぶやいて見上げた。ゆるやかな空気を持っている人だった。

「雨ですね」

まるでこの降り続く雨に気づかなかったような言いかたに、私はカサを差し出した。

「これ、良かったら使ってください」

「え、でも……」

「大丈夫です。すぐそこのお店なので走って行けばすぐつきますから」

ダッシュすればこの小雨ならそう濡れないだろう。

けれど、ゆるゆると首を横に振る彼女は、また池のほうに視線を戻した。

そうしてから、

「お店って？」

と、尋ねた。

「ならまちのはずれで『朝ごはん屋』をしているんです。もうすぐ閉店ですけど、おいしいんですよ」

すっかり店員として板についてきたのかアピールを忘れない。

「朝ごはんのお店なの？　珍しいですね」

「良かったら食べていきませんか？」

私の提案に彼女はまた視線を戻してくれた。少し心が動いたのだろうか。

「でも……」

「ここにいても濡れるだけですし、いかがですか？」

重ねての営業トークに、彼女はようやく少しほほ笑んだ。

「あなた、変わった方ですね」

「そうですか？」

並んで歩き出す彼女は、まだ猿沢池が気になるようで何度か振りかえっていたけれ

ど、やがて、

「平野友季子《ひらのゆきこ》といいます」

名前を名乗った。

「友季子さん、ですね。私は、南山詩織です」

「よろしくお願いします」

こくん、と頭を下げてから平野友季子、と名乗った彼女の表情はまた曇る。最近こういう表情をよく見るようになった。彼女もまた、悩んでいるのだ、と思った。そして、その悩みを置いていってもらうために店をしている雄也も、同じように悩みを抱えている。

人は、悩みなしでは生きていけないってことなのかな。だとしたら、それは悲しい気がした。

「ずっと猿沢池にいましたよね？」

水たまりを越えながら尋ねると、友季子さんは「ええ」とうなずいた。

「ずいぶん長い間いたのかもしれません」

静かに答える彼女はとても寒そうに見えた。早くお店に着いて体を温めてあげなくちゃ。

それからお店に着くまで、私たちはただ雨の音を聞いて歩いた。

お店の前の蛇口から水を出し、いつもよりも手早く野菜を洗ってから、

「どうぞ」

と、店内へ。友季子さんからこぼれるしずくの量は減っているとは思うけれど、あいかわらずびしょ濡れであることに変わりはない。

雄也は私を確認して顔をしかめたが、なにも言わずに調理に戻る。きっと、またなにか余計なことをしようとしているのがバレたのだろう。

「どうぞお座りください」

そう言うと奥からタオルを数枚取って、友季子さんに手渡した。

「ありがとうございます」

まだ立ったままの友季子さんが不安そうに雄也を見やったので、

「雄也、お客さんだよ」

と、言うと雄也は黙って視線を友季子さんに向けた。

「……あの。すみません」

なぜかわからないけれど謝ってしまう友季子さんは人がいいのだろう。いや、気が弱いのかもしれない。

「謝ることはない。座って待っててくれ」

こちらは気が強くぶっきらぼう。

「はい」

消え入りそうな声とともに腰をおろしたのを見てから厨房へ入った。野菜を冷蔵庫にしまうと、雄也が調理を始めている。

が、すぐに今朝のメニューとは違うことに気づく。

「あれ？　魚は品切れ？」

今日は焼き魚だったはずなのに、小さな鍋でなにかを煮こんでいる雄也。

「そんなとこだ」

「へぇ……」

ひょっとして店じまいしていたのかもしれない。と、いうことはまたしても『余計なこと』をしてしまったかも。

あとできっとイヤミを言われちゃうな。

副菜を用意しようと棚のほうを向いた私に、

「必要ない」

行動を先に読まれてしまう。

しばらくすると雄也は、足元の棚から小さなお盆を取り出した。見たことのない黒いうるし塗りのお盆に、鍋敷きと小皿に載せられた梅干、そして厚焼き卵を置いた。

鍋の火を消して、鍋敷きの上に置くとそれを私に渡してくる。これってまるでさっき和豆さんに持っていった……。

じっとお盆を見つめる私に、あごを動かして『行け』と命令してくるのでカウンターに回った。

「お待たせしました」

お盆を目の前に置くと、友季子さんは不安気な顔で私を見た。まだ青い唇だけど、髪や服からは少し水気が取れたよう。

「これは……？」

「えっと」

メニューが変わったのでわからない。助けを求めるように厨房を見るけれど、雄也は背中を向けて冷蔵庫に野菜をしまっている。

「失礼します」

添えてあったふきんでお鍋の蓋を取ると、いっきに湯気が舞い上がった。白い世界の向こうにあるもの、それはさっきも見た『茶粥』だった。

いくら閉店間際とはいえ、メニューを変えた雄也に目線で抗議をするが、こっちを見ようともしない。

「茶粥、なつかしい……」

さっきより少し声のトーンが上がった友季子さんに視線をやった。

笑顔になって見つめている友季子さんの頬に朱《しゅ》がさしている。

「お好きなのですか？」

和豆さんもそうだったように、奈良の人は茶粥が好きな人が多いのかな？

「遠い昔に彼とよく食べました」

「彼と……」

つぶやく私に、友季子さんは褐色《かっしょく》に輝く鍋の中を見つめている。

ようやくこっちを向いた雄也と目が合う。

「和豆さんの茶粥を見たときも思ったんだけどね。お粥にしてはお米がふやけていないよね？」

「へ？」

「だってお粥って言えばさ、お米がふにゃふにゃに水分を含んでいるものでしょう？」

口をへの字に結んだ雄也が口を開くより前に、

「これでいいんですよ」

友季子さんがうなずいて私を見た。

「奈良の茶粥は、お米をたくさんのお茶で炊くんです」

レンゲを手に友季子さんが鍋底をさらうと、茶色のお米が姿を現した。

「へぇ……お茶漬けみたいですね」

米の形をしっかりと残している粥なんて、茶粥だけた。

感心しながら厨房に戻ると、

「でもさ、茶粥だけ、ってなんか少なくない？」

友季子さんに聞こえないように雄也に尋ねた。

これまでのメニューは栄養バランスもすごく良さそうだったのに、茶粥がメインなんてあまりにも質素に思えてしまう。

やっぱり手抜きじゃないの？

「いいんだよ。どうせ食える状況じゃないんだろ？」

雄也が視線は友季子さんに合わせたままで言う。

意味がわからず私も友季子さんを見ると、レンゲからスッと手を放したところだった。そのまま目を伏せると友季子さんは肩を落としてしまう。

湯気の向こうで、また悲しい表情になってゆく彼女を見ていることしかできなかった。

「茶粥を出したのは、食べられないのは一目見ただけでわかったからだ。だが、匂いだけでも落ち着くだろう。食えないやつから金はとらないからゆっくりしていくといい」

そう言ってから雄也は、

「あとはたのんだぞ」と、そっけなく店の奥に引っこんでしまった。

気づくと三時。今日の仕事は終了、ってわけか。

しばらくは無言の時間が流れた。

湯気の量がどんどん少なくなってゆくけれど、じっと友季子さんはそれを眺めて動かない。

私も話しかけてはいけない雰囲気を感じて、ただ黙っていた。

「私……振られたのかもしれません」

やがてつぶやくような声が聞こえる。

「友季子さん……？」

友季子さんは目を伏せたまま、

「たぶん振られました」

そう言った。

雨の音がさっきより強くなったよう。

「話、伺《うかが》ってもいいですか？」

カウンターに回ると、友季子さんの隣に腰をおろした。左端の席にはさっきまでいなかったナムがどてんと座っていた。

「恋人がいます。小野《おの》さん、という名前の男性です」

言葉が出てこないまま私はうなずいた。

「おつき合いをしていました。と言っても、小野さんは京都《きょうと》に住んでいて、たまにしか会えないのですけれど。それでも、大事な人です」

ぽつりぽつり、とこぼす友季子さんはじっと茶粥を見つめている。

「どうして振られた、って思うんですか？」

ようやく出た言葉に友季子さんは首を少し振った。

「約束したんです。あそこで待ち合わせしよう、って」

そう言うと友季子さんは足元に置いたショルダーバッグから封筒を取り出してカウンターに置く。

「……読んでいいんですか？」

ためらいがちに尋ねると、友季子さんは小さくうなずいた。

バッグの中にも雨が染みこんだのか、しっとりした茶色い封筒には綺麗な文字で【平野友季子様】と記されている。住所や消印はにじんで泣いているように見えた。裏をめくると【小野准《じゅん》】と綺麗な文字で書いてあった。住所は【京都府城陽市《じょうようし》】と記してある。貼りついた封筒から便箋《びんせん》を取り出すと破れないようにゆっくりと広げた。

雨のせいでインクがにじんで文字がぼやけていた。

男性の文字とは思えないほどに達筆で丁寧《ていねい》な文字を読む。

【平野友季子様
梅雨のはじまりを知らせるタチアオイの花が咲き始めました。
長い間、待たせてしまって申し訳なく思っています。
ようやく仕事も目途《めど》がつき、改めて話をしたいことがあります。
僕たちが出逢った日を覚えていますか？
あの日、猿沢池できみを見た日から僕の運命は決まっていたと思う。
出逢ってちょうど二年の記念日がもうすぐ来ますね。
その日の十時、猿沢池で待っていてください。
会えることを楽しみにしています。――准】

読み終わると同時に、

「なんだ……」

少しホッとしている自分がいた。

「すごいじゃないですか。これってひょっとしてプロポーズじゃないですか？」

こんな手紙を送っておいて振られることはないだろう。

よほど深刻な手紙かも、と心配していたので力が抜けた。

「でも、来ないんです」

そっか……朝の十時からだと四時間近くも待っていたことになる。

そりゃあ、少しは不安になるだろうな。

「電話はしてみたんですか？」

首を振る友季子さん。

「メールとかは？」

「メール？」

きょとんとした顔をしてから、やがて友季子さんはため息で答えた。

そのとき、奥から雄也が出てくると、

「もういいだろ、そろそろ帰れ」

なんて言うものだから目を丸くしてしまう。言いかえそうと口を開くより前に雄也は、カウンター越しに友季子さんの前に立つ。

「なにかの事情で遅れているか、来られなくなったんだろ」

その言葉に友季子さんはゆっくりと顔を上げた。

「本当にそうでしょうか？」

「知らん。だが、考えこむと悪い方向にばかり考えちまうだろう」

それはなんとなくわかるような気がした。友季子さんも思い当たる節があるのか、
とうなずいた。

「たしかにそうかもしれませんね」

「私、昔から悪いほうへ悪いほうへと考えてしまうんです」

「ふふ。友季子さんてそれほどまでに小野さんのことが好きなのですね」

一途《いちず》に相手を思い、そして想像で悲しんでいる彼女がなんだかいじらしく思えた。

「ありがとうございます。なんだかスッキリしました」

静かに席を立った友季子さんの表情はさっきよりも明るく、悲しみは見当たらなかった。

「本当に召し上がらないですか？」

「すみません。なんだか胸がいっぱいで。でも、うれしかった。茶粥は彼の大好物なんです」

「小野さんの？」

「ええ。たまに会える彼は、いつのころからか私が作る茶粥が大好物になってくれて。だから私、茶粥だけはうまく作れる自信があるんですよ」

友季子さんの目じりがさがり、やさしそうに潤《うる》んでいる。

「じゃあ、会えたらまた作ってあげないとですね」

「ええ。それがすごく楽しみです」

「素敵な恋人同士なんですね。小野さんってどんな人なんだろう」

「そうですね、ひと言で表すなら『無類《むるい》の甘い物好き』ってところですね」

ふふ、と笑った友季子さんが私に言うので、

「私も甘い物好きですよ」

と言ったけれど、彼女は首を横に振った。

「小野さんの場合は、普通以上に甘党なんです。だって、彼は茶粥にも砂糖を入れるくらいなんですよ」

「げ、茶粥に砂糖？」

ありえない、という表情で答えると友季子さんも、

「でしょう？　茶粥だけじゃなくて緑茶や麦茶にも入れるんです。病気になってしまわないか心配」

同じようにおどけてみせた。少し元気になったみたいで安心した。

戸を引くと、外はまだ雨が続いていた。

「あの、お代は……」

「雄也、あっ……店主が『いらない』と申しておりますので大丈夫です。あとこれもどうぞ」

カサ立てに置いてあった赤いカサを手渡した。

ためらう友季子さんの手にそれを持たせると、

「なにからなにまで、本当にありがとうございます」

赤色のカサを雨に打たせながら店をあとにした。

来たときよりもしっかりとした歩きかたに安心する。

無事に彼と再会できて、幸せな〝新しい一日〟になりますように。


「幸せになりたいわよねぇ」

ため息とともにゲップをした和豆がぼやいた。

「汚いなぁ」

敬語も忘れて言う私。

「いいじゃない、人間なら誰でもするものよ」

距離が近くなってきたのか、憎《にく》まれ口をお互いにたたき合うことも増えてきている。

今日は幾分《いくぶん》早く手葉院に来られたので、いつもよりゆっくり和豆と話をしている。

雨は降っておらず、だけど重厚感のある雲が空を支配していた。

「和豆さんの幸せ、ってなんです？」

梅シロップは今日はサイダー割り。少し早い夏を予告するかのようにグラスの中で泡が踊っている。

「そりゃあなた、やっぱり雄ちゃんと結ばれることに決まってるじゃないの」

「やめてよね」

うん、もう敬語はやめた。

リアルに気持ち悪い図が頭に浮かびそうになり、急いでそれを消去した。

「なんでよ。脈があるって思える理由はあるのよ。あの猫の名前」

「ナムのこと？」

「あの子、うちの境内《けいだい》に捨てられてたのよ。それを雄ちゃんが飼ってくれたの」

へぇ……。ナムは捨て猫だったのか。それを拾ってあげるなんて、雄也もなかなかやるじゃん。

「詩織ちゃん、考えてみて。あの子の名前はなあに？」

「ナム、でしょ？」

「南無阿弥陀仏《なむあみだぶつ》のナムよ。それってまるであたしを意識している、って告白してるみたいじゃないの」

キャーと黄色い悲鳴《ひめい》を上げて照れている和豆を見て、背筋が凍る思いがした。

……これは、ホラーだ。

「想像を膨らませすぎだってば」

「なによ。夢を見るくらい、いいじゃないの。詩織ちゃんの幸せはなんなの？」

「へ？」

考えてみたこともなかった。私の幸せってなんだろう。

「悩んでいる人の〝新しい一日〟を応援することかな……」

そのとき、店を出ていくときの夏芽ちゃんの笑顔を思い出した。

「でも、誰かの悩みを解決することなんて、私にできるのかなぁ」

「おこがましい考えね」

「なにそれ」

眉をひそめた私に和豆は腕を組んだ。

「人はね、誰かに相談しても結局、最後は自分で答えを出すものよ。悩んで悩んでも、誰かのアドバイスに従《したが》う人なんてそうそういないの」

「じゃあ私の役割なんてないじゃん」

「あるわよ。話を聞くだけで、その人自身が考えるヒントを上げているのよ。だから解決しよう、なんて思っちゃダメ。心のままに受け答えしなさいな」

「心のままに……」

つぶやくと、「そうよ」と大きく和豆はうなずいた。

「悩み、という川の流れはあっちこっちに枝《えだ》わかれして、時には逆流したり氾濫《はんらん》もするの。素直にその人の最後の答えにたどり着くために、詩織ちゃんはありのままの心で、綺麗な水の流れを作るのよ」

そう言ってから和豆はまたゲップをするものだから、せっかくの話もそこそこに私は笑い転げてしまった。


農家のおじさんから野菜をもらう、というミッションが終わったら、すぐに店に戻るつもりだった。が、私は店へ続く小道を曲がらずにまっすぐ進む。

気になっていることはひとつしかない。

猿沢池が見えてくると、昨日の願いが叶わなかったことを知る。赤いカサが遠くからでも見えたからだ。

昨日と同じ場所でぼんやり立っている友季子さんは、近づいてくる私に気づくと、

「ああ」

と、安堵《あんど》のため息をついたように思えた。

「まだ来ないんですか？」

挨拶もそこそこに尋ねる私に友季子さんは静かにうなずいた。

「電話とかは？」

「いえ……」

せっかく昨日元気になったと思ったのに、疲れたような顔に戻ってしまっている。

「とにかく電話してみましょうよ。なにかあったのかもしれないし」

「でも……」

「お店に来ませんか？　一度作戦会議をしましょう」

腕を持とうとした私を避けるように友季子さんは一歩あとずさった。

それからゆるゆると首を横に振ると、

「大丈夫です」

と、まるで大丈夫じゃないように言った。

「ダメです。ひとりにしてなんて帰れない」

使命感、と言うより義務感のような感覚で私は言った。一瞬触れた腕は雨のせいでびっくりするほど冷たくて、きっと相当疲れているはず。

「ごめんなさい。私、待っていたいんです。ここから離れたくないんです」

「このままじゃ友季子さん倒れちゃいます」

「まさか」

少し笑ってから友季子さんは視線を池に戻した。こんな雨の中、カモの親子がゆっくりと泳いでいた。

「待つのは楽しいですよ」

友季子さんが言った。見るとほほ笑んでいる。

「そうですか？『待つ身は辛《つら》し』って言葉があるじゃないですか」

「たしかにそうね。だけど、相手を待たせるほうが悲しいと思うの」

言われてみればそんな気もしてきた。約束に遅れて走る自分よりも、それを待っているほうがたしかに気持ち的には余裕があるかもしれない。

「彼が来る、って思っていれば雨だって風だって平気なんです」

先に待っている幸せが友季子さんを穏やかにしているのだろうか？

恋愛ってすごいな……。それほどまでに相手を想えるからこそなのかもしれない。私がこれまでにしてきた恋愛なんて、子供のままごとに思えてしまう。まぁ、ほとんど片思いだったけれど。さらに言うなれば、つき合ったこともないけれど……。

恋する想いはひょっとしたら強さになるのかもしれない。その強さで人は成長してくものなのかも。

どうやら友季子さんに動く気はないらしい。少しだけ迷ってから、私も黙って隣に立って水面を見た。

「じゃあ、私も待ちます」

「え、どうして？」

きょとんとしたその顔は、幸せそうな悲しみ色。

「小野さんを見てみたいから。ただの好奇心です」

「いつになるかわかりませんよ」

「たぶんそのうち雄也から電話が来ますから、その時間までです」

眉をひそめていた友季子さんはやがてあきらめたように笑った。

「詩織さんて、意外に頑固《がんこ》なんですね」

「友季子さんも同じくらいに、ですよ」

それから私たちはまた雨が模様《もよう》を作る水面を眺めていた。


池のほとりにある公衆トイレから出てくると、いつの間にか雨が止んで日差しが顔を出していた。

その瞬間、イヤな予感はしていた。観光客が現れだした池のほとりに、赤いカサが見当たらなかったから。

元いた場所に急ぎながらキョロキョロ見回すけれどどこにもいない。どうしちゃったんだろう？

ひょっとして具合が悪くなったのかも。

ベンチのあたりまで戻り途方に暮れていると、

「詩織ちゃん」

聞き慣れた声がした。

いつの間にか園子ちゃんが立っていたのだ。

「最近よう会うな」

スーパーの袋を下げてばっちりメイクの園子ちゃんは、これから出勤なのだろう。

「あの、今ここに」

言いかけて、園子ちゃんは友季子さんに会ったことがないのを思い出した。

「ん？」

「……なんでもないです」

モゴモゴと口ごもっていると、

「なんか心配ごとか？」

鋭いことを言ってくる。

「いえ。別に……」

と、ごまかしておく。お客さんの恋愛事情を話すことはできないし。

「ごまかしたらあかんで。ほら、言ったほうがええで」

めげずに催促《さいそく》してくる園子ちゃんになにか話題はないか、と考えているうちに、さっきの和豆との会話が頭に浮かんだ。

「ナムの名前って、雄也が『南無阿弥陀仏』からとってつけたそうですね」

苦し紛れの私の言葉を、「んなアホな」と、園子ちゃんは瞬殺《しゅんさつ》した。初めから死んでるみたいやないの」

「そんな名前の由来《ゆらい》やったら、ナムちゃんかわいそうやん。

言われてみれば、たしかにそんな由来の名前ではかわいそうだ。てことは、和豆にしてやられたってことか。今度会ったら文句言ってやらないと、と鼻から息を吐いた私に園子ちゃんは言う。

「それに名前をつけたのは雄ちゃんと違う。穂香ちゃんや」

穂香さん……。

その名前にまた胸がドキッとした。知ってはいけない秘密に踏みこんでしまうような感覚になり、「へぇ」と曖昧にうなずいた。

「子猫を引き取ることを決めたのも穂香ちゃん。名前を決めたんもそうや」

「そうですか……」

変わる天気と同じように、気持ちが不安定に揺れ動いている。

友季子さんのこと、穂香さんのこと。

いろんな出来事が胸に止まない雨を降らせているようだった。

結局昨日、友季子さんが猿沢池に戻ってくることはなかった。

ひょっとしたら待ち続けた小野さんが現れて、ふたりでどこかへ行ったのかもしれない。

そう思えば気持ちはラクになるけれど、あの友季子さんが挨拶もしないでいなくなるとは考えられない。

今日は朝も昼のお使いのときにも猿沢池には寄ってみたけれど、また降り出した雨の世界に友季子さんは見当たらなかった。

カウンターの上に置いてあるペンをコロコロ転がす。

ご無沙汰《ぶさた》の出納帳を整理しながらぼんやりとしている午後。明日は土曜日でお休みだけど、このぶんじゃ猿沢池に見に行ってしまいそうだな……。

そんなことを考えていると、

「なーん」

ナムが珍しく足元にすり寄ってきた。最近じゃ頭をなでるくらいは許しが出ていたけれど、甘えてくるのは初めてのことだった。

「どうしたの？」

「なんー」

茶色の目は天気のせいか黒目の部分が大きくなっていてかわいい。

「ナムは『南無阿弥陀仏』から名前がついたのかな？」

「ぶ」

問いかけに答えたのは厨房にいる雄也だった。

「和豆か？」

和豆に聞いたのか、って言えばいいのに、愛想のなさは発する文字数にも比例《ひれい》している みたい。

「うん」

「そういう意味じゃない」

それは知っている。だけど本当の意味は聞かずじまいだったっけ。

「じゃあどういう意味？」

じっと鍋の前から動かない雄也を見た。圧力鍋を毛嫌いしている雄也は、こうして何時間でも鍋の見張り番をしている。

細かい温度調整が大事とかなんとか……。明日は休みなので、自分の朝ごはんの下ごしらえをしているらしい。

「最初は『ねうねう』って名前をつけたんだ」

しばらくしてから雄也はボソッと口にした。

「へぇ」

「『源氏物語』だ」

「は？」

はぁ、とわざとらしくため息をついて、雄也はいつものようにあきれた顔をした。

「源氏物語、読んだことないのか？　平安時代の大ベストセラーだぞ」

「教科書でしか見たことない」

「読んでおけ。女性なら特に共感できる部分が多いはずだ」

うなずいてから雄也はなつかしそうに目を細めた。

「源氏物語では猫の鳴き声を『ねうねう』と記してある。書きかたはそうでも、読むときは『ねんねん』と呼ぶ。こいつは『なんなん』と鳴くもんだから古典表記で『ナム』に改名したんだ」

「そっかぁ。『ナム』ってたしかにそう鳴くもんねぇ」

納得した私にナムは、

「なーん」

と一回鳴くと、いつものイスの上に乗って雄也を見やった。

本当に、人間の言葉がわかっているみたいで不思議。

視線を出納帳に戻してから、思った。

きっと源氏物語を読んだ穂香さんがそこからナム、と名付けたのだろう、と。

雄也に言ってもどうせ怒らせるだけだろうし黙っておこう。私だって、それくらいの予想はつくくらい成長したんだから。

気持ちが顔に表れていたのか、

「なににやけてるんだ、気持ち悪い」

眉をひそめた雄也が、茶色い紙を目の前に落とした。

「あ、これ……」

手に取る前にわかる。友季子さんが見せてくれた小野さんからの手紙だ。

「こないだ忘れていってたぞ。きちんと返しておけよ」

「うん」

すぐにカバンにしまいながらホッとしたのは、これで友季子さんを明日探す理由ができたから。

「返すだけだぞ。余計なことはするなよ」

すかさず釘《くぎ》を刺《さ》してくる雄也。

「もちろん」

答えながらも窓からの空を見て願う。

明日は雨じゃありませんように。

梅雨の中休み。

土曜日の猿沢池は朝から観光客でにぎわっていた。

向かい側の興福寺を参拝《さんぱい》する人、ならまちを観光する人が交差してベンチに座ることもできない。

やはり、友季子さんの姿はいくら捜しても見つからなかった。

近くのカフェでお茶をしたり、お寺を見学しているうちに昼過ぎになった。

それでも彼女は現れない。

ならまちにある『ならまち史料館』で時間をつぶしてから外に出たとたん、空が黒い雲に覆われだした。

「雨が降りますからお気をつけて」

受付のおばさんの声にうなずいて歩き出すと、すぐにぽつぽつと地面を濡らしだす雨。

それは一気に強くなったかと思うと、みるみるうちに本降りになってきた。

「これでいなかったら帰ろう」

自分に言い聞かせて猿沢池に戻ると、クモの子を散らしたように人の姿はまばらになっていた。

すぐにわかる。

赤いカサがほとりに見えたから。

「友季子さん」

声をかけるとビクッと体を震わせてから友季子さんは私を見た。

「あ、詩織さん……」

「毎回驚かせてばかりですね」

笑いながら言うけれど、浮かない表情を見てまだ小野さんが現れていないことを知った。

「私、しつこいですね」

すごい雨音が友季子さんの声をかき消すよう。

「そんなことありません。でも、やっぱり確認すべきだと思います。来られない事情があるかもしれないし」

私の声に友季子さんはやはり首を横に振って否定を示す。

「できないんです」

「でも」

「私のことは気にしないでください」

そんなこと言われても乗りかかった船。いや、自ら乗りこんだ船だし。

「気になりますよ。だって、待っているだけじゃなにも解決しないじゃないですか。どんな形になるにしろ、自分から行動しないと」

私の言葉に友季子さんは一瞬笑ったように見えた。けれど、それは間違いだったとすぐにわかる。

唇を震わせたかと思うと、両目から涙があふれた。ゆがんだ顔を背けた友季子さんは横顔で泣いていた。

「詩織さんがうらやましいです」

「……友季子さん」

「だって、思いを行動に移せるんですから」

冷たい雨がカサをたたいている。こぼれる水の向こうにいる友季子さんが涙をこらえて私を見た。

「でも、移せない人もいるんです。待っているだけしかできない人も」

「じゃあこのまま待つの？　来るまでずっと？」

敬語も忘れて尋ねる私に、友季子さんは「はい」とうなずく。

言葉に詰《つ》まった。それじゃあ運命を受け入れているだけにしか聞こえない。うまくいくかもしれないのに、あとちょっとで幸せになれるかもしれないのにどうして？

「そんなの……私は納得できません」

そう言った私を見た友季子さんはもうほほ笑んでいた。

「でしょうね。自分でも情けないです」

「だったら」

「詩織さん。これ以上私にかまわないでください」

その言葉ははっきりと、そして強く耳に届いた。穏やかだった表情はそこにはなく、まるで怒ったような顔になっている。

「友季子さん？」

「迷惑です。もう、私に話しかけないでください」

言い捨てるように否定を言葉にすると、友季子さんは足早に去っていった。

振り向くこともできない。

『迷惑です』

その言葉に呆然としているのをどこか遠くで眺めているよう。

ザー、という雨の音が世界を包んでいるようだった。


店の鍵は開いていた。

扉を開けて中に入ると、まるで営業しているかのように作務衣を着た雄也が厨房に立っている。

カウンターには、和豆が座っていた。

休みの日に現れた私にふたりは驚くこともなく、平然としていた。

和豆だけは、

「あらあらここはブラック企業かしら」

と、からかってきたけれど聞こえなかったことにする。

ズカズカと奥に進んでから私は言った。

「迷惑だ、って言われた」

一瞬私を見た雄也が、

「そうか」

と、答えた。

「どうして？　友季子さんを心配しているだけなのに、なんでそんなこと言われなくちゃいけないの？」

本当は友季子さんに言いたかった言葉だった。

力になりたかったのに、あまりにひどすぎる。時間差でやってきたのは怒りに似た感情。

「だから余計なことはするな、って言ったろ？」

あたりまえのように言う雄也を見て思う。こういうときにいちばん相談してはいけない人だった、と。

和豆が「ふーん」と、組んだ両手にあごを載せた。

「これが例の友季子さんの話かしら？」

「そうだ」

その言いかたが、「まったく」とぼやいているように聞こえた。

ならまちで働いて、少しずつ受け入れられているように感じていたのがバカみたい。

よそ者の私は、結局他人なんだ……。

「……もういい」

店から出ようと向きを変えると、

「余計なことはするなよ」

追い打ちをかけてくる声に足が止まる。

余計なこと……。

「詩織ちゃん。例の友季子さんもそう言っているんだし、関わらないほうがいいわよ、ね？」

和豆の声まで追い打ちをかけてくる。

振り向いてふたりを見た。

ならまちはずれで出逢った雄也と和豆。この数カ月で距離は近づいたと思っていた。

だけど……誰も私の気持ちなんかわかってくれないんだ。

「結局は他人だもんね」

言うつもりもなかった感情があふれた。

いぶかしげな表情の雄也。

「お前、なに言って――」

「心を許せないから壁を作っているんでしょ。雄也だってなんにも話してくれないじゃん」

ああ、ダメだ。話しながらどんどん興奮してきているのがわかる。だけど、止められなかった。

「いいから落ち着け」

「詩織ちゃん、とりあえずお茶飲んだらいいわよ」

ふたりの声もまるで遠くに感じる。

「穂香さんのことだってそうじゃん」

言うべきじゃないことはわかっている。

「みんなは知っているのに私だけ教えてもらえない」

人には踏みこんではいけないことがあるのも知っている。

「誰かの役に立ちたい、ってことが余計なことだなんて思えないからっ」

気づけば雨の町に飛び出していた。

カサもささずに逃げるように、ただ振り切るように。

息が切れて商店街を抜けるころにはなんだか泣きそうになっていた。

「……なんなのよ」

胸の奥がムカムカしていた。自分にこんな感情があるなんて、知らなかった。

トボトボと駅前まで来るとバス停に向かう。

もう、帰ろう。

みじめ、という言葉がピッタリだ。

……わかっている。雄也にしたのは八つ当たりでしかないことも。

まだこの町に来てそんなに経っていないのに、溶けこめているなんて思っていた自分が浅はかだったんだよね。

濡れた髪を拭こうとカバンからハンカチを出そうとしたとき、

「あ……」

指先が触れた感触に青ざめる。ちょこんと入っているのは、友季子さんにかえすはずだった小野さんからの手紙だ。

やっと友季子さんに会えたのに渡しそびれてしまった。

茶色の便箋の裏に書かれた【小野 准】の文字を眺める。

「なにしてるのよ、小野さん……」

彼さえここに来てくれれば全部解決するのに。

京都と奈良の距離はよくわからないけれど、そんな遠い距離ではないはずなのに。

「あら、それが小野さんからの手紙ってやつ？」

突然耳元でした声に、

「ひゃ！」

と声を出してから見ると、いつの間にか横に和豆が立って手元を覗きこんでいた。

「和豆さんっ」

「詩織ちゃんってば、足が速いのねぇ」

顔色ひとつ変えない和豆に、さっき自分が啖呵《たんか》を切ってきたことを思い出し、うつむいてしまう。そんな私に、彼は言う。

「言葉は想いを表さないこともあるわ」

顔を上げて、じとっと和豆を見た。

「暗い顔しないでよ。こっちまで気持ちが沈んじゃうじゃない」

「だって……」

ぶすっとした私に、和豆は「まったく」とぼやいた。

「その友季子って女性は知らないけれど、きっと本心じゃないことを言ったのだと思うわよ」

「じゃあどうして？」

ショックから立ち直れない私に、和豆は「心配してくれているのよ」と言うので、ますます意味がわからなくなる。

黙っている私に、和豆が軽く息を吐いた。

「もし、自分のことで一緒に悩んで、苦しんでくれている友達がいたらどう思う？　うれしいけれど、申し訳なく思うんじゃないかしら。だから、あえて強い言葉で感謝を述べたのよ」

「……そうなの？」

友季子さんが私を心配してくれて？　あんなに苦しいのに、私のことを考えてくれての言葉だったの？

「前も言ったでしょう？　詩織ちゃんの心のままにすればいいのよ」

「でも」

「意地をはったり怒ったりするのもいいわよ。でも、あなたがしたいことをすればいいの。あなたのしたいことがあたしたちの意見と違うのなら、応援するわよ」

和豆は私の手から封筒を引ったくると、裏面を見て、

「あら。京都に住んでいるのね」

なんておどけている。

明るい表情で言う和豆に少し救われた気持ちになるのを感じた。

そのとき、ふとある考えが頭に浮かんだ。

すぐに打ち消す。

だけど、一度思いついたことはなかなか離れていってくれない。

私が京都に行く……。

友季子さんが行きたくないなら、私が動けば……。

「ダメダメ」

手紙をカバンに押しこめる。

こういうところが、雄也の言う『余計なこと』であるのは疑いようがない。でもこのまま部屋に戻ってもスッキリしないだろう、とも思う。

そんな私を見て和豆が笑い声をあげた。

「あなたって、ほんと感情が行動に出るのねぇ」

「なによ」

「怒らないでよ。うらやましいんだから」

目を丸くしてから和豆は「ふん」と、鼻から息を吐いた。

「京都っていえばね、地下水が綺麗で和菓子がおいしいのよね」

「それとこれに、どういう関係が……」

言いかけてから気づく。

ひょっとして……。口をつぐんだ私に彼は言う。

「あたし出不精《でぶしょう》だから、なかなか食べられないのよね。ああ、たまにはおいしい和菓子が食べたいわぁ」

ぽん、と頭に手をやってから「じゃあね」去ってゆく和豆。

その姿を見ながら考えた。

余計なことをするついでに、とことんやってみてはどうだろうか。

深呼吸をしてならまちを見渡した。

私らしく行動するならば、答えはひとつしかない。

それに、和豆のお願いもあるし。

——京都に行く。

それは素晴らしい考えのように思えた。


駅員さんに聞いたところによると近鉄《きんてつ》奈良駅から京都に行くには、西大寺《さいだいじ》という駅で乗り換えるらしい。

大仏で有名な東大寺《とうだいじ》と関係があるのかはわからないけれど、言われた通りに西大寺で京都行きの電車に乗った。

小野さんが住んでいる城陽市は久津川《くつかわ》駅でおりるとのこと。

濃い赤色の電車に揺られ、空いている車内から外の景色をぼんやりと眺めた。雨にけむる町の景色はあっという間に畑や山ばかりに変わってゆく。

いくつか駅を過ぎてゆくうちにあっという間に久津川駅へついた。

ここから京都駅まではまだまだ駅数はあるみたい。

てことは、城陽市は京都府でも奈良に近い場所らしい。

「だったら早く会いに来ればいいのに」

ちっとも遠距離じゃないどころか、むしろ近い部類に入るだろう。

久津川駅の改札口を出ると、駅前通りは閑散《かんさん》としていて、歩いている人も少なかった。

さて、これからどうしよう……。

地図らしき看板も見つからないし、あったとしても小野さんの家が載っているとは思えない。

雨はいつの間にか止んでいた。

一台だけ停まっているタクシーに乗りこむと、手紙の住所を告げた。

ここまで来てしまったのだから迷っている場合じゃない。

「ここですわ」

奈良弁とはまた違うイントネーションで話す初老の運転手さんがハザードを出して停車した。

畑の続く道にぽつんと一軒家《いっけんや》が窓越しに建っていた。小野さんは親と住んでいるのだろうか？

「ありがとうございます」

代金を支払って外に出ると、急に現実味を帯びてくる。

私はいったいなにをしようとしているの？

疑問を打ち消して、門の前に立った。表札があるかと思ったけれどどこにも見当たらない。

しばらく迷っていると、向こうから小走りで走ってくる男の子の姿が見えた。ランドセルを背負っていて、なにかと競争しているみたいにひとりでダッシュしてくる。

インターホンに指を伸ばすけれど、今さらながら気づく非現実さに、体が固まったように動けなくなってしまう。勢いのままここに来たけれど、本当にいいのだろうか？

迷いがまた生まれてしまってじっとしている私に、

「こんにちは」

すぐ下で声がして驚く。

走ってきた男の子が、にっこりと笑って私を見上げていたのだ。

「あ、こんにちは」

小学三年生くらいだろうか。半ズボンで黄色いカサを手にした男の子は、

「今、誰もいないよ」

そう言うと門を開けた。まさかこの家の子供だったなんて、という驚きでアワアワしてしまう。ひょっとしたら小野さんの弟かもしれない。小野さんの年齢は知らないけれど歳の離れた兄弟ってことかも。

「ここは小野准さんのお宅ですか?」

「うん」

にっこり笑った男の子が体には大きなランドセルをおろして紐《ひも》でつながれた鍵でドアを開けた。

どうしよう、と青ざめる。

家を確認してしまったのに、今さら『間違えました』では済まない。

「あの……お留守でしたら出直したいかと思われます」

いないのならそのまま帰ればいい。ヘンな日本語を口にしながら後ずさりをする私は、誰が見ても不審者《ふしんしゃ》だろう。だけど、男の子は屈託《くったく》のない笑顔を浮かべた。

「隣の畑にいるよ。ほら、見える」

指さしたほうに誰かが見えた。遠くてあまりよく見えないけれど、作業着のような姿が立ち並んだビニールハウスの横に見えた。

小野さんは農業をしている人なのかも。

「もういい？　ゲームしたいから」

無邪気《むじゃき》な男の子に「ありがとう」と手を振ってから、隣の畑のあぜ道へ足を入れた。

思ったよりもぬかるんでいて、靴が飲みこまれていきそう。

さっき見た小野さんと思われる男性はビニールハウスに入ってしまったらしく姿が見えなくなっていた。

ずいぶん時間がかかってたどり着くと、白いビニールハウスの入口から中を見やった。

「あの、すみません」

声をかけるけれど、ところどころ赤く色づいたトマトの苗《なえ》が無数に見えるだけ。

「すみません」

もう一度声をかけると、

「はい」

すぐ後ろで声がして思わず悲鳴を上げた。

「あ、すみません。驚かせてしまいました」

しゃがれた声に振り向くと、

「え？」

さらに驚いて自分の目を疑った。

「なにかご用ですか？」

「あ……あの」

言葉が出てこないまま、じっと目の前の男性を見やった。

汚れたつなぎに身を包んでいる色黒の男性は白髪交じりのおじさんだったから。

どうみても四十歳は軽く超えているだろう……。

「すみません。あの、小野さん……小野准さんという方は……」

カラカラに乾いた声でなんとか尋ねる。

きっと間違いだ。

小野さんのお父さんなのかもしれない。さっきの男の子が聞き間違えたのだろう。

私の願いは、男性の言葉に砕《くだ》かれることになる。

「はい。私ですが」

ぽかん、とする私に男性は首に巻いたタオルで汗を拭きとると、

「あなたは？」

と、逆に尋ねてきた。

「あ、あの……」

考えが、最悪という名の一点に向かって集まりだしている。

友季子さんが愛した男性。約束の場所に現れなくて電話すらできない状況。

それって、それって……。

「小野さん、突然すみません。私、南山詩織と申します。奈良からやってきました」

奈良、の単語ににこやかな小野さんの表情が硬くなるのを見た。

やっぱり……。

「奈良県から？」

つぶやくような声の小野さんにうなずくと、

「猿沢池近くにならまちという場所があります。そのはずれで、朝ごはん屋を手伝っているんです」

自己紹介を早々に終わらせてから私は尋ねる。

「さっきいらしたランドセルを背負った男の子は、小野さんの息子さんですか？」

「え？」と、家のほうを見た小野さんは、

「ええそうです」

と、とまどいながらうなずいた。

「小野さんは結婚されているのですね？」

「はい。いや、遅くに結婚したものですから子供はまだ小さいですけどね」

相好を崩した小野さんの顔を殴ってやりたい。右の拳《こぶし》を左手で押さえながら彼をにらんだ。

「友季子さんはそのことを知っているのですか？」

「……え？」

眉をひそめた小野さんは視線を左右にさまよわせた。

「……ひどいじゃないですか」

「きみはなにを――」

「ひどすぎます！　友季子さんは今でも猿沢池であなたを待っているのに。それなのにっ」

寂しい友季子さんの横顔の映像が胸を締めつける。雨の中、ずっと信じて待っていたのに。

「きみは友季子を知っているのか？」

声色が変わった小野さんが私の両肩をつかんだ。

「離してください」

けれど、つかまれた両腕に逆に力が入る。

「友季子が猿沢池に？」

顔を近づけてくる小野さんの目が怖かった。まるで秘密を知っている私を殺そうとしているような錯覚に恐怖でいっぱいになった。

「離して！」

力任せに振り切ると、気づけばその頬を打っていた。乾いた音が響いた。

自分でもびっくりしたけれど、すぐに涙がこぼれる。

小野さんは我にかえったのか、見開いた目を地面に向けている。

「信じて待っている友季子さんがかわいそうです」

それだけ言うと、私はその場を去った。


――どうやって奈良駅に戻ってきたのか。

畑を出た私に小野さんがなにか叫んでいたように思えたけれど、必死で広い道まで走ると、タクシーに飛び乗ったことまでは覚えている。

気づけば、奈良駅前の噴水《ふんすい》のある場所に戻っていた。

見おろすと泥が渇いて茶色に染まった靴。和豆に頼まれた和菓子すら買えていない。

「……最悪」

余計なことなんてほんと、するもんじゃない。友季子さんを助けたくてやったことが、これじゃあ逆に彼女を追い詰めてしまうことになるかもしれない。

なんとかしたくて京都まで行ってしまったけれど、こんなにすぐに戻ってきちゃうなんて。それでも……どこか、奈良に戻ってきてホッとしている自分がいた。

猿沢池までトボトボ歩いてみるが、友季子さんの姿はやはり見えない。

見つけたところでなにを言えばいいのかわからない。第一、友季子さんにも拒否されているわけだし。

それにしても冷静に考えると、友季子さんも小野さんが結婚していることを知っているのだと気づく。

そうでなきゃ電話でもなんでもできたはずだし。

つまり、ふたりはわかっていて今の関係を続けていたのだ。

だとしたら私は確実に余計なおせっかいをした、ってことだ……。

降り出した雨に追われるように、結局、気づけばお店の前にいる私。

「なんだかな……」

さっきひどい捨てゼリフを吐いた手前、入りにくい。だけど、話ができる場所はここしかないし……。

「失礼します」

そう言いながら戸を横に引くと、自分の目を疑う光景がそこにはあった。

厨房の中で腕を組んでいる雄也はいつものこと。

違和感はカウンターに長い髪の女性が座っていたのだ。私の声に気づいて振りかえった女性、それは……。

「友季子さん……」

彼女は悲し気にほほ笑むと、

「詩織さんごめんなさい」

と、言葉にした。その言いかたにすぐに胸が苦しくなった。謝るのは私のほう……。

自分勝手に小野さんに会いに行って、余計に糸を絡《から》めてしまったのだから。糸が切れたなら私のせいでしかない。

迷いながらもゆっくり店内に進むと、隣に腰を落とした。

「どうして？」

声が震えてしまう。拒否されていたと思っていたけれど、ここに来てくれたうれしさ。知りたくなかったことを知ってしまった悲しさ。入り混じる感情に自分がわからなくなる。

友季子さんは小さく笑った。それは、はかなくて切なくて、悲しい笑み。

「あんなこと言ってごめんなさい。詩織さんは私のことを考えてくれていたのに」

透《す》き通るような声にただ首を横に振った。

ああ、ダメだ。涙がまたこぼれそうになる。最近の私は、本当に泣き虫になってしまったよう。

「私こそ、ごめんなさい。ごめん……なさい」

「また余計なことしてきた、って顔だな」

雄也の声に何度もうなずいた。

「余計なこと、ですか？」

首をかしげる友季子さんにすべてを話そう。そうでなきゃ、とてもひとりでなんて抱えきれないから。

「小野さん……に、会ってきた……の」

途切れる声で、だけど真実を伝えると、息を呑む音が聞こえた。

「小野さんに？」

「ごめんなさい。私、どうしても友季子さんに幸せに――」

最後は言葉にならない。

ふたりは黙って私を見ている。遠くで雷《かみなり》の音が聞こえた。

どれくらい黙っていたのか、食器の重なる音が聞こえ顔を上げると、友季子さんの前に小さなお鍋が置かれるところだった。

友季子さんはさっきからじっと動かない。私の行動に怒っているのだろう。

そうだよね、勝手なことばかりして怒られるのも当然……。

左端の席に座っているナムと目が合った。ゆっくりと一度だけまばたきをしたナムが、まるで励《はげ》ましてくれているように思えたのは私の勘違い？

「友季子」

静かに雄也が口にした。

「はい」

「もう、いいんじゃないか？」

「……そうですね」

ふう、とため息を逃がした友季子さんはお鍋の蓋を開けた。

白いお鍋に深い茶色のお米がポコポコとまだ泡を生んでいる。

友季子さんが目を閉じて、湯気を吸いこむのを眺めていた。

私は、と言えば鼻水とたたかっている真っ最中。なんとかそれを収めると、

「『もう、いい』って、なにが？」

と、尋ねた。

ぼやけた視界で雄也の表情が緩んだ。

「そのままだよ。もう、終わりでいいんじゃないか、ってこと」

「え？　ダメだよ。それじゃあ、解決にならない」

反対表明をする私を、友季子さんが見た。

「解決、してるんですよ」

「……え？」

「最初から解決していたんです」

またため息をつくから、湯気が辺りに逃げてゆく。

どういうことかわからずにふたりの顔を交互に眺める私に、雄也は言った。

「友季子は、もうこの世には生きていないんだよ」

モウ、コノヨニハ、イキテ、イナイ
頭が真っ白になる、ってこういうことを言うんだろう。

ぽかん、と友季子さんを見る。考える。それから、私は声に出して笑った。

「なに言ってるの。こんなときにやめてよ」

「冷静に考えれば誰だってわかることだ」

「わからない。なにそれ」

まだ笑っている私とは反対に、友季子さんは瞳を伏せる。

「お前は考えずに突進してゆくからな。友季子はもうこの世に生きてはいないんだよ」

「は？」

言っている意味がわかるのと理解できるのは別問題。

だって、隣で座っている友季子さんは……。

「ごめんなさい」

そう言った友季子さんが悲しみ笑いをする。

もうこんな冗談やめてほしいのに、なんで？

信じられない半面、なんでまだ涙があふれるんだろう。心のどこかで、これが現実だと受け入れようとしているみたい。

「詩織さん、聞いてください」

背筋を伸ばして私を見た友季子さん。なんで店の中にいるのに、髪が濡れているの？

まるでさっきまで雨の中にいたみたい。ずっと、雨の中にいるみたいに。

「私、小野さんから手紙をもらって猿沢池に向かいました。すごい雨の日でした」

「それって……」

「雨が景色を隠していました。道を渡ろうとしたのですが、カサが風で飛ばされそうになってしまい、よろめいてしまったんです」

「やめて……」

「気づいたときには遅かった……。すぐそばで耳が割れるほどのクラクションが爆発したように鳴ったんです」

「やめてください。やめて、やめて！」

立ち上がろうとした私の肩をつかんだのは、カウンター越しの雄也だった。

「お前まで現実から目を逸らすな」

「だって！」

「友季子はきちんと今、現実を見ようとしている。ちゃんと成仏《じょうぶつ》させてやれ」

成仏……。

その言葉に、体の力が抜けて元の席に落ちるように座っていた。

隣を見ると、やさしい友季子さんがほほ笑んでいる。

「本当に……友季子さんは幽霊なの？」

「前からそう言ってるだろうが」

雄也があきれたように言ってくる言葉を聞き逃さない。

「前から？　そんなことひと言も言ってなかったじゃん」

知ってるなら言ってくれればよかったのに。

抗議すると、雄也は苦笑した。

「だからお前は人の話を聞かないやつだ、って言われるんだ。和豆が『霊の友季子さん』って何度も呼んでいただろ」

「へ……『霊の』？」

そう言えばそんなこと言っていたような気がする。てっきり、『例の友季子さん』だと思っていた。

と言うことは、みんな最初からわかっていたってこと？

それでも納得できなくて。

「私、霊感ないのに……」

つぶやく私に雄也は腕を組んだ。

「たぶん和豆のところに行かせるようになったからだろうな。ああいう霊感の強いやつには誰だって影響を受けるから」

「詩織さんに迷惑かけちゃいましたね」

友季子さんが頭を下げたので、呆然とした頭のまま「いえ……」と首を横に振った。

「私の未練《みれん》がいつの間にか詩織さんに悪影響を与えそうだったんです。少しずつ感情移入してくれていることがわかったから、だから冷たくしてしまってごめんなさい」

「そんな……」

ざわざわと胸が騒《さわ》がしくて落ち着かない一方で、こんな非現実なことをどこかで受け入れている自分が不思議だった。

「そろそろ旅立たなくちゃいけませんね」

決意したようにまっすぐに茶粥を見つめる表情に、

「待ってください！」

思わず叫んでいた。ゆるゆる首を横に振ってから私を見た友季子さんの目は、こんなときなのにやさしくほほ笑んでいた。

「私なんかのために、詩織さんが一生懸命になってくれてうれしかった。だからこそ、ここにいてはいけない、って思えたんです」

「さ、もういいだろう」

終わりを告げるように言った雄也に、友季子さんは音もなく立った。

「本当にご迷惑をおかけしました」

「次は幸せになれるといいな」

そっけなく言ってから盆ごと茶粥を下げた雄也は、もう友季子さんのほうを見もしない。

「ありがとうございました」

それから友季子さんは横顔をキュッと引き締めて、迷ったそぶりを見せながら私を見た。

「小野さんは、今……幸せそうでしたか？」

「それは……」

なんて答えていいのか躊躇するが、しっかりと伝えないと成仏できないのかもと思い直した。

「遅い結婚だったようですが、お子さんもいらっしゃって……幸せそうに見えましたした」

彼の素朴《そぼく》な笑顔を思い出しながらそう言った。

「そう……。あれから、もう何年、何十年と過ぎていたのですものね」

だけど、その横顔がゆがんでいる。必死で笑おうとしているけれど、苦し気な表情に胸が痛くなった。

「毎年、約束の日になると猿沢池で待っていたの。きっと彼は来てくれる、ってそう信じて……。だけど、時間が止まってしまったのは私だけで、小野さんの時間は動いていたんですよね」

友季子さんは、彼が結婚をしていることも知りえなかったのだろう。

彼が今も愛してくれている、と信じたかったのかもしれない。

「私、バカですね。ずっと待っていたなんて。もう会えないのに、会えないのに……」

両手で顔を覆って静かに泣く彼女にかける言葉も見つからないまま、私の頬にも涙がこぼれた。

来る日も来る日も、ずっとひとりの人を待ち続けるなんて、あまりにも悲しくて苦しい待ち合わせ。

想いを残したまますっとあの場所で待っていた友季子さんの永い片思いは、想像を絶するほど辛かっただろう。

「会いたかった。ひと目だけでも、もう一度彼に会いたかった。だけど、彼が幸せならば……受け入れます」

手をおろすと、そこには泣きながらも、笑みが友季子さんの顔に浮かんでいた。

笑わなくってもいいのに。恋は人を強くもするけれど、時には弱くもするものなの？

私にはわからない。

こんな悲しい恋なんて、わかりたくなんかない。

「じゃあ……そろそろ行きますね」

つぶやくように彼女の口から言葉が落ちた、そのときだった。

扉が引かれる音がしたかと思うと、雨の音が店の中に飛びこんできた。

そして、入口に立っているのは――小野さんだった。

「……小野さん」

私よりも先に友季子さんがかすれる声で言った。

息を切らしている小野さんは、私の顔を見ると安心した表情になった。

「ああ、やはりここでしたか。いろんな人に聞いて……」

そこまで言ってから苦しそうにあえいだ。きっと走ってきたのだろう。

友季子さんはイスに座ったまま口をぽかんと開けて固まっている。

ようやく姿勢を正した小野さんは、律儀《りちぎ》に頭を下げて私の前に来たかと思うと、友季子さんのほうを見た。

見えているの？

そう思ったのは気のせいで、彼はカウンターに置かれている手のつけられていない茶粥を見て目を見開いた。

「友季子が……来ていたのか？」

視線を私に戻すと、すがるように私の肩をつかんだ。

「やっぱり友季子、友季子がいるのか？」

ああ、小野さんに友季子さんは見えていないんだ。

すぐそばにいるのに、キョロキョロと周りを見渡している。

「小野さん、さっきはすみませんでした」

私の謝罪も聞かずに小野さんは、

「友季子は生きているのか？」

そう尋ねた。

「あの……」

「生きて……いるのか？」

言葉を弱めた小野さんは、そんなはずはないってわかっている。

荒く吐く息は、やがて鼻水をすする音を伴う。

つかんでいた手は肩からするりと落ち、膝《ひざ》を折ってあえいだ。

「……やっぱり、違うのか」

「さっきは勘違いしてしまいすみません」

「いや……」

「ひどいこと言ってしまいました」

幸せに暮らしている小野さんに、事情も知らないのに責めるようなことを言った。

情けなくて悲しくて、私はまた泣いていた。

隣の友季子さんも信じられないような表情のまま、両手を口元に当てて震えている。

「きみはいったい……？」

「私、私は……」

なんて言えばいいのだろう？

小野さんに全部話をしたとしても、彼に友季子さんは見えない。

ふたりの恋は友季子さんが亡くなったときに、突然の終わりを迎えたのだから。

新しい人生を歩き出している小野さんに、言葉が探せないまま私はうつむくしかできなかった。

「座れよ」

その声は、雄也だった。

彼の存在に初めて気づいたように小野さんはハッと顔を上げると、

「すみません」

恥じるように席に座った。隣にはまだ友季子さんが立ち尽くしている。

彼の視線はまた右側にある茶粥に注がれている。

そんな小野さんを見つめる友季子さん。

彼にひと目だけでもその姿が見えたなら……。叶うはずのない願いはお腹の中でぐるぐるうごめいていて涙に変わって落ちてゆくよう。

「お前も中に戻れ」

雄也の声に素直に従ったのは、それでも私にはなにもできないって思うから。

私のせいで小野さんを苦しめた。そして、もっともっと友季子さんに悲しい思いをさせることになるかもしれない。

唇をかんで中に入ると、雄也は鍋に蓋をして火にかけているところだった。

ひょっとして小野さんにも茶粥を出すつもりなの？

友季子さんは涙をぽろぽろとこぼして、

「小野さん？　私です。ここにいます」

小さな声で何回も話しかけている。

だけど、小野さんには聞こえない。

それが悲しくて、やるせない気持ちのままお鍋の煮えるポコポコとした音が響いていた。

隣にいるんだよ。

こんなにそばにいるのに、二度と、触れられないなんて。

「茶粥に思い出があるのか？」

雄也が尋ねる声に、小野さんは大きく息を吐いた。

「ええ。彼女……友季子がよく作ってくれたんです」

「そうか」

短く答える雄也に、小野さんはようやくほほ笑んだ。

「茶粥は雨の思い出です」

「雨の？」

ようやく私も言葉を発することができた。

「雨になると友季子はなぜか茶粥を作ってくれたんです。理由は『雨は心を冷やすから』なんて言っていましたけれど、彼女は雨が嫌いだったんですね。外に行くことを嫌がっていました」

「そうでしたか」

「そんな僕も、いつしか雨の日には彼女の茶粥を食べることが楽しみになっていたんですよ」

開きっぱなしの扉からはまだ雨の音が続いている。

「でも」

短く言ったあと、小野さんは眉間のシワを深くした。

「あの日は僕が強引に外で会おう、と待ち合わせをした。雨だったから、彼女の家に迎えに行けばよかったのに。記念日なんて……今思えばこだわる必要もなかったのに、そうしたら、あんな悲しいことっ――」

そこまで言ってから口をぎゅっと絞った小野さんは、もうそれ以上話をすることを止めてしまった。

茶粥がお盆に置かれた。横には友季子さんのそれに添えたのと同じ卵焼きが載っている。

目の前に置かれたお盆を見て、小野さんは首を横に振る。

「食べられません」

「なんで？」

片眉を上げて聞く雄也に、小野さんは顔をゆがめる。

「あの日以来、ずっと茶粥は食べていない。茶粥を食べてしまったら、彼女を忘れてしまうようで、忘れたくなくて」

悲痛に満ちた声は震えていた。隣の友季子さんはもう両手で顔を覆っていた。

そんな小野さんに、

「だからこそ食べるんだ」

そう雄也は言った。

「でも」

「いいか。お前の心にあるのは罪悪感だ。友季子を忘れて幸せになることを躊躇しながら、それでも新しい人生を今生きているんだろう?」

「……」

「誰もが同じ場所にはいられない。死んだやつは別だけどな」

チラッと友季子さんを見やってから雄也は両腕を組んだ。

「お前が迷いながら生きていて、それを友季子はうれしく思うか? 今の家族はそれで本当に幸せなのか?」

「だけど、友季子は今でも待っているって」

私を見た小野さんに、雄也はあきれた顔をした。

「こいつのおせっかいは的外れだから気にするな。友季子を想う気持ちは今でもあるんだろう？」

「もちろんです。雨の日になると、月命日の日になると、奈良に来ると……いつだって彼女のことばかり考えています」

その言葉に友季子さんは顔から手を離した。震えた唇はそのままに、横顔の小野さんを見つめている。

「それだけで十分じゃないか。だけど、そろそろちゃんと前を向いて歩き出すときだろう。守るべき家族があるならなおさらだ」

それでも硬いままの表情を崩さない小野さんは、

「友季子に申し訳ないんです」

声を絞りだした。

「失ってから気づいても遅いんだよ」

ふとトーンを落とした雄也の声にみんなの視線が集まった。

「ちゃんと守るべきものをその両手でつかんでいないと、ある日突然失うんだ。消えてからいくら後悔しても遅い」

眉間を寄せたその表情はなにかを思い出しているよう。雄也は……ひょっとして穂香さんのことを……？

お腹のあたりが熱くなるほどの重みのある言葉に感じたのは私だけでなく、小野さんも同じだったようでじっと雄也を見ている。

「お前のせいでないにしても、一度大事なものを手放してしまったのだろう。だったらなおさら、今度、お前が守るべきその手を離すな。しっかりとつかんで、幸せになれ。そのためにも茶粥を食べるんだよ」

ザーという雨の音だけが空間を満たしている。

やがて、小野さんがゆっくりと土鍋の蓋を開けた。

初めて友季子さんに出したのと同じ茶粥が湯気の向こうに顔を出す。

ためらいながらレンゲを手に取ろうとして、だけどつかむ勇気がまだ出ない彼に、

「小野さん」

友季子さんが声をかけた。静かで、落ち着いた声はふんわりと小野さんを包みこむよう。

「ありがとう。私が作った茶粥を覚えていてくれてうれしかった」

聞こえているわけもないのに、小野さんの手が導かれるようにレンゲをつかんだ。

「小野さんには〝新しい一日〟を踏み出してほしい。だから、茶粥を食べてください」

湯気を吸いこむと小野さんはしばらく目を閉じた。

「友季子、ありがとう」

つぶやくように言う小野さんの声に、彼が今、長年背負ってきた重荷をおろすのを

感じた。

息を吹きかけてからゆっくりと口に運ぶと、小野さんは茶粥を食べだす。

「ああ、なつかしいなぁ」

心の奥からこぼれたような声を出してから、彼は声を押し殺して泣いた。

それでも彼は食べ続ける。涙をこぼしながらひと口ひと口をかみしめるように止めることなくレンゲと口を動かしている。

友季子さんを想って、そして、新たなる旅立ちを憂《うれ》えている姿に、隣の友季子さんもほほ笑みながら泣いている。

永い想いは、今、本当の終わりを迎えるのだろうか。


猿沢池まで小野さんを送るころには、雨は激しさを増していた。

雨がカサを打つ音だけを聞きながら、池のほとりへ。後ろからついてくる友季子さんを気にしながらも足を止めた。

「こういう雨のことを昔は『篠突《しのつ》く雨』、って言ったんですよ」

ずいぶん元気を取り戻したように見える小野さんが教えてくれた。

「へぇ」

「竹の束が降ってくるような強い雨のことです。『ざんざぶり』とも言ったそうです」

「詳しいのですね」

感心しながら言うと、

「全部、友季子から教えてもらったことですけどね」

おどけて小野さんは笑った。

同じように自然に笑顔になると、少し雨が弱まった気配がした。

「詩織さんにはお世話になりました」

声に意識を戻す。

「なんだか不思議な出逢いだった。長い間、ずっと友季子を想っていた。きっと死ぬまで苦しいと思っていたのに、救われた気分です」

「そんな、私なんて失礼なことばかりしてしまって……」

隣に友季子さんが立つのがわかった。

横顔は穏やかで、なにかを決心した表情に見える。

「あの……」

「はい」

「失礼ついでに、もうひとついいですか？」

ここに雄也がいなくて本当に良かった。でも、これは余計なことではないと思えたから。

「もうなにを言われても驚きません」

ニカッと歯を見せた小野さんに、私は言う。

「今、隣に友季子さんがいます」

「詩織さん」

驚いて言う友季子さんの目を見て、少しうなずいて見せた。

「……本当に？」

まだ少し笑っている小野さんに、

「ずっといるんです。でも、友季子さん、もう旅立つんですよね？」

そう言ってから右を見た。

「はい」

リアルに聞こえる友季子さんの声。

だけど、小野さんには届かないようで寂しい表情をした。

だとしたら、私にできることは彼女の言葉を、最後の言葉を伝えることだって思った。

「友季子さん、小野さんに伝えることはありますか？」

私の言葉に、友季子さんは視線をさまよわせている小野さんをやさしく見やってから口を開いた。

「小野さん、私幸せだった。あなたに出逢えて、未来を夢見て、本当に幸せでした」

「小野さん、友季子さんが『幸せだった』と言っています」

「僕も、もちろん僕も幸せだったよ」

ふたりは笑顔だった。

あの日のふたりには戻れなくても、こうして過去の恋を浄化しようとしている。

「小野さんが私を今でも覚えててくれた。雨の日に茶粥を食べたこと、そしてこうして私に会いに来てくれたこと、それだけで十分です」

そう言ってから友季子さんは体を私に向けた。

「ありがとう、詩織さん。これでようやくラクになれます」

「行くのですね」

小降りの雨が、今、上がった。

「ええ。こんな幸せな気持ちで逝《い》けるなんて思わなかった。本当にありがとうございます」

「友季子さん……」

「友季子」

小野さんが、私が顔を向けた方向に声をかけた。

「僕は新しい毎日をちゃんと自分の足で歩き出すよ。いつか、空の上できみに会うときに笑われないように生きてゆくから」

「ええ。その日を楽しみにしてます」

目じりを下げてから、思い出したように友季子さんは、

「そうだ」と、私を見てクスクス笑った。

「茶粥に砂糖を入れるのは体に悪いから、って伝えてください。長生きして、それから会いましょうって」

「あ、前に言ってましたね」

きょとんとする小野さん。

「友季子さんが、茶粥に砂糖を入れるのは良くないです、って」

「ああ……」

一瞬で瞳に涙が浮かんだ小野さんは、震えるあごを何度も縦に振った。

「そうだね。ああ、やめるよ。約束する」

涙をこぼしながら、それでも笑顔でそう言った。

「さようなら、小野さん」

友季子さんも泣きながら笑う。

悲しくて、うれしくてやさしい涙。

光が雲間からスポットライトのように友季子さんを照らした。

徐々《じょじょ》に薄くなる体に、彼女が消えることを知る。

「ありがとう、詩織さん。ありがとう、小野さん」

「さようなら友季子さん」

「友季子、ありがとう」

最後まで笑顔で彼女は光に溶けていった。

いつしか濡れていた頬をぬぐうと、

「行ってしまったのですね」

すべてを受け入れたように、落ち着いた口調で小野さんが言ったのでうなずく。

「はい」

「そうか。僕もひと目友季子に会いたかったな」

「いつか、眠りにつく日が来たなら、きっと会えます」

そう言った私に、少し目を丸くしてから小野さんはうなずいた。

「そうだね。いつか、きっと」

観光客の姿が池の周りにまた現れだした。

「小野さんお元気で」

私の言葉に小野さんは、

「ええ。またお店に行かせてもらいますね」

頭を下げてから彼は礼をして去ってゆく。彼を待つ家族のもとへしっかりと足を踏みしめて。

すぐに雑踏《ざっとう》に紛れてゆく背中を見て私は願った。

今日が小野さんにとって〝新しい一日〟でありますように。


「雨の日が見せた幻《まぼろし》だったのよねぇ」

カウンターで頬杖をついてうっとりする和豆を、雄也は鼻で笑った。

「なに言ってんだ、気持ち悪い」

「まぁ、失礼ね。たまに店に来るとこれだもの」

そう言いながらも笑顔の和豆は、お茶をすると、

「それにしても詩織ちゃんも災難だったわね」

と、あわれむような目をしてきた。

「自分でもまだ信じられない。だって、すごく友季子さんはリアルだったし」

彼女の話す言葉、やさしい笑顔、それが現実には存在していなかったなんて思いもしなかった。

「まぁ、それでも成仏させたんだし詩織ちゃんお手柄《てがら》よ」

和豆がパチパチと手をたたくのを、

「本業の出番はなかったけどな」

雄也が茶化《ちゃか》す。

「まぁ、ほんっと失礼しちゃうわ」

ぷい、と横を向いた和豆だったけれど、

「でも」

と、私を見た。

「なに？」

「詩織ちゃんの啖呵を切るところが見られただけでもめっけものだったけどね」

ぶっと、吹き出す和豆。

あの日、怒って店を出ていったことをまだ言うなんて。

「あれは違うって。友季子さんの影響だってば」

「どうでしょうねぇ」

「そうだもん」

ふたりで言い合っていると、突然雄也が「ゴホン」と、咳ばらいをした。

見ると、なぜかそっぽを向いたまま、

「話がある」

と、真剣な口調で言った。

「どうしたのよ、改まっちゃって」

ふふん、と笑う和豆を無視して雄也はまっすぐに私を見た。

一瞬息ができなくなるほど真剣な顔だった。

少しの間を置いて、雄也は口を開く。

「穂香は俺の妹だ」

「……うん」

「そして今は行方不明。全部、俺のせいだ」

言葉ではわからないけれど、苦しそうな表情をしている。こんな顔初めて見た。

「雄也の？」

「ああ。俺があいつを追い詰めたからだ」

もう、和豆は黙って雄也を眺めている。

「そうなんだ」

うまく言葉が出なくてうなずいた私に、雄也は肩の力を抜いた。

「以上」

「え？　それだけ？」

「他に話はない」

いつものように洗い物を始める雄也に、

「それはないでしょ。そんなの話したことにならない」

と、文句を言うが素知らぬ顔。

まったく、素直じゃないんだから。

「まぁいいじゃないの。雄ちゃんにとっては大きな一歩よ」

ぱちん、と手を打った和豆が窓の外を指さす。

「ほら、梅雨ももう終わり。夏が来るわよ」

納得できないまま窓ガラス越しの空を見た。

青い空に雲がひとつ泳いでいる。

いつか、友季子さんにまた会える日が楽しみな私がいた。

じんわり心温まる
奈良の伝統食

Recipe 3

和豆も大好き！ ならまち茶粥

材料（二人前）

- ほうじ茶… 1パック（約5～8ｇ）
- お米……… 1合
- 梅干……… 1個
- 三つ葉…… 約5ｇ
- ごま……… ひとつまみ

作りかた

1. お鍋でほうじ茶を水から煮出す
2. 沸騰し濃い茶色になったら茶葉を取り出しておく（ほうじ茶の濃さはお好みで調節）
3. ほうじ茶が沸騰したら、お米を洗わずに入れ、強火で10分煮立たせる
4. 米がやわらかくなったら、途中でアクをとりながら弱火でさらに10分煮る
5. しっかりとかき混ぜたら、お椀に移し、梅干・三つ葉・ごまを加えて完成

第四話　魚と野菜と結婚が苦手です

常連客のひとりである林竜太《はやしりゅうた》さんの印象は?と尋ねられたら、真っ先に『魚と野菜が嫌いな人』と答えるだろう。

彼はほとんどの魚と野菜が食べられない。その代わり、たまにメニューで出る『卵浸《ひた》しパン』をこの上なく愛している。来店してみないとメニューがわからない店のため、『卵浸しパン』に当たることを楽しみに、足しげく通ってくれている常連さんだ。

林竜太さんに初めて会ったのは、このお店に勤めだしてすぐのころだった。

店に入ると同時に目を閉じてクンクンと匂いを確認した彼は、開口一番、

「今日は『卵浸しパン』だね」と、うれしそうに話しかけてきた。それから新顔の私に気づいたようで、

「あれ? きみ、誰?」

なんて目を丸くしてたっけ。

愛想のよい笑顔で、茶色に染められた髪はふわっとパーマをかけている。同い年くらいかと思ったら三十歳になったところらしい。

「そろそろ『卵浸しパン』の予感がしていたんだ」

うれしそうにカウンターに腰をおろすと、

「毎朝同じ予感に裏切られているだろうが」

苦笑した雄也に、子供みたいに頬を膨らませた。

「だって雄也さんちっとも作ってくれないからさ」

「うちのメニューは日替わりだからな」

ふたりの掛け合いを眺めながらも疑問が浮かぶ。今朝のメニューは、竜太さんが楽しみにしていた『卵浸しパン』ではなかったから。

念のため雄也がフライパンで作っている料理を確認すると、やはり食パンが、ミルクの海で泳いでいた。これはどう見ても『フレンチトースト』だ。かわいそうだけれど竜太さんの予想はまた外れたってことかも。

「ほら、できたぞ」

雄也の合図に、カウンターの向こうに回り、お盆に載せられたお皿の上にあるフレンチトーストを置く。

「久しぶりに食べられる！」

感極まったように、これまでに聞いたことのない高い声の雄たけびを上げる竜太さん。

「あの、これが『卵浸しパン』……ですか？」

「もちろん！」

興奮した様子の竜太さんは、目線をお皿から外さずに言ったので謎は深まるばかり。

「でも、これって『フレンチトースト』でしょ？」

と、口にしたとたん、ふたりのキッとした視線が飛んできた。

「全然違う」

「そうだよ」

多勢に無勢とはこのことで、目を丸くした私に雄也は、

「食ってみろ」

と、新たにフレンチ……卵浸しパンを作ってくれたので味見をさせてもらうことにした。

竜太さんの隣に腰かけると、ふたりの視線を感じながらひと口大に切られたそれを箸でつかんだ。

普通のフレンチトーストにしては白い色をしている。そして、この香り。

「気づいた？」

片目を細めて尋ねてくる竜太さんにうなずいてみせる。湯気と一緒に漂ってくるこの香りは味噌の香りだ。

「あ、これはネギ？」

間に挟んである細長いものを見て答えると、

「正解」

うなずいてから竜太さんはニカッと歯を見せた。

「僕、野菜は嫌いなんだけれどね、これは食べられるんだよね」

「野菜が……」

褒められたことではないと思うんだけれど自慢げに言っているのが不思議。

きょとんとする私を置いて、竜太さんはおいしそうに口に運んでいるので、私もそれに倣《なら》った。

「うわ」

ひと口入れただけでフレンチトーストではないことがわかる。パンに染みているこの液体は……。

「豆乳？」

「ああ。卵は少なめに混ぜている」

なるほど、だからこれだけジューシーなんだ。熱い豆乳がパンから染み出て肉汁のように口の中に広がっている。

中に入っている味噌やネギが一体となってひとつの料理になっている。

「すごくおいしい」

本当においしすぎて、月並みな感想しか言えない私の語彙力《ごいりょく》が恥ずかしい。

「あたりまえだ」

雄也はいつもの口癖を言いながらも、満足げな表情を見せている。

「食べるとわかるでしょ。じゃあ、味見は終わりってことで残りのそれちょうだい」

竜太さんが当然、といった感じで目の前の皿に手を伸ばすのを、

「ちょうどいい量は出しているはずだ」

雄也が先に取り上げてしまった。

「ひどいよ。見せるだけ見せておいてさぁ」

半泣きの声をあげるくらい、竜太さんはこのメニューが好きなようだった。

そんな彼の職場は、ならまちから少し歩いたところにあるらしく、出勤前に週に数回来てくれていた。三十歳にしては若く見えるのは、いわゆるサラリーマンが着ているスーツ姿ではないから。普段はシャツにジーパンというラフな格好《かっこう》が多く、たまにジャケットを身に着けている程度。

来店の時間もピークが終わった遅い時間が多かった。

「うちの会社はスーツじゃなくても大丈夫なんだ。それにフレックスタイム制で出勤時間は選べるし。僕は縛られるのが嫌いだから気に入ってるんだ」

いつだかそんなことを言っていたと思う。

聞いたところによると、広告関係の仕事に就いているらしい。大人なのに、好き嫌いが多く自由を愛する彼は、ふわふわと浮かぶ風船のよう。嫌いな食べ物ばかりのメニューのときは目に見えてがっかりする様子も、子供が感情をそのまま表しているみ

たいに見えた。

　自分でメニューを選べる喫茶店《きっさてん》に行ったほうが良さそうなのに、彼はここが気に入ってくれているようだった。


　それは、七月半ばのなんでもない晴れた朝のことだった。

　今朝のメニューは『真アジのみぞれ煮』で、数日ぶりに来店した竜太さんはその匂いに、

「またはずれか」

　と、苦笑した。エサ置き場でナムが『当たりだよ』とでも言いたげな視線を送っている。

「残念でしたね」

　お茶を置きながら言うと、

「まぁ、『卵浸しパン』は、月に一度出るか出ないかだもんね」

　と、肩をすくめた。

「他の朝ごはんもおいしいじゃないですか」

「うーん。だって嫌いな食材が多いからさぁ」

　唇をとがらせながらお茶を飲んでいる。

「どうして魚と野菜が嫌いなんですか？」

「さぁ」

考えようともせずに首をかしげるので思わず苦笑してしまう。本当に自由な人。

他のメニューではなかなか箸の進まない竜太さんは、完食するのは『卵浸しパン』くらいのもの。

今も彼は、ブロッコリーを箸で突き刺して好意的とは言えない目をしてぼやく。

「昔からなんだよね。なにかがあった、ってわけじゃないけれど、ひとり暮らしをしちゃうと好きなものしか食べなくなるでしょ。それからずっと食べてない」

「私もキュウリは苦手です」

「僕も！　あの青臭《あおくさ》さだけは耐《た》えられないよね」

「ですよね。昆虫《こんちゅう》になった気分になりますもん」

嫌いな食べ物で意気投合している私に雄也が、

「んなこと言ってると、好きになるためにキュウリだらけの強化メニューを作るぞ」

とからかってきたので、ふたりして顔をしかめた。

「まぁ、僕の場合はキュウリだけじゃなくて、野菜は全般的にダメなんだけどね」

そう言いつつ口に放りこむと、お茶で流すように飲みこんでから息をついた。

「でも、薬だと思って少し食べているんだ。昼とか夜は好きなものしか食べないから、せめて朝くらいはね」

　雄也がそんな竜太さんに嘆くように言った。

「お前みたいな若いやつこそ、しっかりと考えられたバランスのいい食事をとるべきなのにな」

「はいはい」

　言われ慣れているのか、これみよがしに人参を口に放りこんだその顔が苦さにゆがんだ。

「魚だってそうだよ。なんでみんなあれが好きなわけ？　そもそも奈良には海がないわけだから魚とは無縁なんだよ」

　真アジをじーっと見て言うので笑ってしまう。

「んなわけないだろ。今は配送ルートだって確立されてるし、いつの時代のことを言ってんだ」

　あきれた声を出す雄也に、

「でもなぁ」

　と、唇をとがらせている。日替わりメニューしかないので魚がメインの日はなかなか箸が進まない。これじゃあ結婚したら奥さんは相当大変な思いをするだろうな。

「今も竜太さんはおひとり暮らしですか？」

そう尋ねてしまってすぐに雄也の鋭い視線に気づいた。あ、また余計なことを聞いちゃった。

竜太さんは気にしてないようで、

「まあね。もうずっとひとりだよ」

と、箸を置いた。

そうしてから、彼にしては珍しくため息をついた。

雄也を見ると静かに首を横に振っているので、うなずいた。

わかってる。

この数カ月で私だって成長したんだから。

だけど……目の前で悩んでる様子を見て放っておくことができるか、と尋ねられると答えは『NO』なわけで。

「なにかあったんですか？」

三秒迷って、竜太さんに聞いている私。

雄也のほうは見なくてもわかる。絶対に鬼の形相《ぎょうそう》に変わっているだろうから。大丈夫、ちょっと聞くだけだから。

「まあね。ちょっと……困っててさ」

歯切れの悪い言いかたをしているのは初めて見た。つまり、『ちょっと』どころの悩みではないのかも。

　お茶を新しく入れなおすと、竜太さんは「ありがとう」と湯呑を両手で包むようにして持った。

「実はさ、彼女がいてね……」

「そうなんですか」

　恋愛関係の話題か、とホッとしている自分がいた。経験値の少ない私にできることはなさそうだし、こんな小娘にアドバイスも求めないだろうから。

　雄也も同じように感じたらしく、洗い物に戻った。

「いつの間にか、もう三年つき合ってるんだよね」

「へぇ、長いですね。じゃあ、結婚とか予定されているんですか？」

　そう言うと、竜太さんはヘンな顔をしたかと思うと、

「詩織ちゃんは結婚、って意味があると思う？」

　逆に質問をかえしてきた。

　結婚……。まだまだ遠い未来のようにも思えるけれど。

「好きな人だったら結婚はしたいですよね。やっぱりあこがれちゃいます」

　素直な感想を言葉にすると、ますます竜太さんの表情は曇ってしまった。

「僕はそうは思わないんだよ」

「どうしてですか？」

「だって、今のままでいいと思う。結婚にこだわらなくてもお互い自由に生活できているんだし」

はっきりと言い切った竜太さんは心からそう思っているらしく、本当に意味がわからないような顔をしている。

「でも、やっぱり結婚って素敵じゃないですか」

「今のひとりの自由な生活も素敵だよ」

子供が文句を言っているみたい。

「本当に自由を愛しているのですね」

彼らしい、と思った。

「でも、周りは結婚をすすめてくるんだよね。『責任を取れ』とか『いい加減大人になれ』とか。だから悩んでいるんだ」

お茶を飲んだ竜太さんがふてくされた顔をした。

「彼女さんはどうなんですか？　結婚についてせかしてくるとか？」

「千鶴《ちづる》はなにも言ってこない。結婚願望がないのか、そのへんもナイーブな話題だから触れてない。ただ……」

「ただ？」

千鶴、という名前を頭に入れながら聞きかえすと、竜太さんは私を見た。

「それなりにつき合っているわけだし、きっと結婚を意識する歳だとも思うんだ。だから気になって……」

「千鶴さんはおいくつなんですか？」

わざとらしい雄也のため息が水の音と一緒に聞こえてきたけれど、聞こえないふりを選ぶ。

「えっと、僕より三つ上だから……三十三歳かな」

「年上なんですね」

「まあね。ひょっとしたら結婚したいのかも、って思うと悩んでしまうんだよ」

「そうですか……」

私にできることはやはりない、とみた。当人同士の問題だし、彼女の気持ちまでは想像がつかない。彼女の気持ちを聞いてみればいいのに、と簡単に言えるほど竜太さんと長いつき合いでもないし……。

どちらにしても竜太さんに結婚の意思がないのであれば、この問題を突き詰めてしまうと最悪な方向に進むように思える。

だけどなんだかお腹のあたりがしっくりこない。まるで話を聞くだけで役に立ってない自分が情けなくすら思えてしまう。

五百円玉を財布から取り出した竜太さんは、

「ごちそうさま」

何事もなかったかのように店の入口に向かった。

「ありがとうございました」

外までお見送りをしようと歩き出す私に、

「詩織」

雄也が呼び止めた。

「わかっているとは思うが、これ以上――」

「わかってます」

にっこり笑ってから外に出た。盆地である奈良の夏は相当暑いらしく、日に日に早い時間からでも熱気が地面付近にたまっているように感じられる。

「じゃあ、また」

いつものように明るい笑顔になった竜太さんにうなずいてから、

「今日が、林さんにとって――」

いつもの願いを口にした瞬間、ふとある考えが頭に浮かんだ。彼女の気持ちを聞けないのであれば、こっそり私が聞いてみる、っていうのはどうだろう？

できることはないかもしれないけれど、竜太さんが悩みを話してくれたのは助けを求めているからだし、ここはそういう人の悩みを置いていってもらう場所。

自分を納得させてから、私は言った。

「もしよかったら、次は彼女さんと一緒にいらしてください」


「で？」

さっきから仏頂面の雄也はその言葉しか発していない。

昼を過ぎて、今朝の会話を何気なく伝えたところ、案の定不機嫌になってしまったというわけ。

「だから、明日彼女をここに連れてくる、って」

上目遣いに言うけれど、氷のようなまなざしが帰ってくるだけ。

「で？」

「私に『見極めてほしい』って言うの……」

私の提案は一瞬で竜太さんによって承認されただけでなく、すぐに実行に移されることとなった。明日、千鶴さんを連れてくること、そこで私が彼女の気持ちを見極めることが指令として出されたのだ。

「お前にそんなことできるわけないだろうが」

「でも……」

最後のほうは小声になる私に、

「まぁまぁ」

園子ちゃんが助けに入ってくれる。

珍しくコンサバ系の黒っぽいロングスカートを身に着けている園子ちゃんだけど、派手なメイクで視線はそっちに集中してしまう。

「こいつを甘やかさないでくれ。他人のことばっかりかまってるから仕事にならん」

まだジロッとにらんでくる雄也。

「いいやないの。会えばその竜太さんって彼が満足するわけやろ。それにひとりお客さんが増えるんだし、いいふうに考えんと」

「そうだよ」

さすが園子ちゃん、と私は激しく同意を示した。

「ただお客さんとしてくるだけなんだからね」

「ねー」

こういう味方がいてくれると、本当に助かる。ふたりでにっこり笑顔を交わしていると、これみよがしなため息をつく雄也。

「でも、今どき結婚って時代でもないわな」

ほう、と息をこぼして園子ちゃんは言った。

「時代は関係ないのではないですか?」

「あるにきまってるやん。今や四人にひとりは生涯《しょうがい》独身らしいで。見てみいや、この奈良の田舎町ですらなんでも揃っているやん。今はひとりで生きてゆくのになんの支《し》障《しょう》もない便利な時代ってこと」

たしかに、と思うけれど、結婚は私にとっては大きな夢のひとつ。

「子供だってほしいし、それに愛する人のそばにいたいって思うものじゃないですか」

「はっ」

鼻で笑ったのは雄也だった。

「なにが『愛する人』だ。愛情なんて所詮《しょせん》、錯覚《さっかく》なんだよ。自分でそう思いこんでいるだけだ」

「そんなことないもん」

「そんなことあるさ。愛なんてすぐに冷め、あとは長い冷戦のような生活が続くんだよ」

ここぞとばかりに攻撃してくる雄也は、そういう結婚観なのだろう。

「冷めない愛だってあるもん。子供と一緒に家族で仲良く暮らす夫婦もいるはず」

「子供だって大きくなれば親を見向きもせず、やがて飛び立っていくんだぞ」

かみ合わない平行線の意見に、

「あんたら、いい加減にしいや」

両手を上げて園子ちゃんが制したので口をつぐんだ。

「結婚観なんて人それぞれや。どっちが正しい、なんてないんや。まったくほんまに子供やな。あんたらにはたしかに結婚は無理や」

ズバッと言ってのけた園子ちゃんに、私たちはじとーっとお互いをにらみ合った。

だって雄也が余計なこと言うから……。

「それに雄ちゃん」

園子ちゃんがふてぶてしい顔を見やった。

「穂香ちゃんだって家族やろ。大事に思ってるくせに、そんなこと言ったらあかん」

「穂香は別だ」

すぐに修正する雄也を見た。

「どう別なの？」

あ、また余計なこと聞いちゃっている。けど、久しぶりに出たその名前、このチャンスを逃したくなかった。

「うるさい」

やはり拒絶する雄也に、園子ちゃんが「オホン」とわざとらしい咳ばらいをした。

「うるさくないやろ。自分のことだけ黙っているなんて男らしくないわ」

援護射撃が今日は強力で助かる！

「雄也はずっとここで穂香さんを待っているんでしょう？　この間、『俺のせい』って言ってたけれど、あれってどういう意味？」

「そんな話はしてないだろ」

横を向いてしまう雄也に、

「なーん」

タイミングよく、いつもの席に座っているナムが鳴き声をあげた。

「これは言うしかないなぁ。ナムも言え、って鳴いてるやん」

優雅にお茶を飲みながら言う園子ちゃんに、雄也は腰に手を当てて、

「んだよ」

抵抗するのをあきらめたように鼻から息を吐いた。

「穂香が失踪した、とかそういう噂があるみたいだけど」

視線を園子ちゃんにわざとらしく向けた。あ、そこが噂の元凶《げんきょう》なのか。

「まぁ、そんなとこだ」

その目が悲しい色をしているように見えたのは、私の気のせい？

「失踪？　それって……？」

そう尋ねると、雄也はゆっくりと息を吐いた。

「よくわからん。突然『結婚したい』とか言い出したと思ったら、ある日、あいつは彼氏と一緒に消えてしまったんだよ」

その説明に声をあげたのは園子ちゃんだった。

「それ、ほんまに？　穂香ちゃん、彼氏いてたん？」

食いつくように立った園子ちゃんに手のひらでヒラヒラと『座れ』と言ってから、雄也はしばらく黙った。

やがて、窓の外に顔を向けた横顔に、いつもの強気な表情はなかった。

「俺が反対したからだ。結婚する、と言って聞かないあいつに、『まだ早い』と聞く耳を持たなかった。だから出ていくしかなくなった。俺が……穂香を追いこんだんだよ」

なにも言えなかった。

だけど、雄也が自身を責めているのは伝わった。穂香さんが出ていったことを案じる一方で、自分のした罪を背負っているんだ……。

「そんなことがあったんやな」

園子ちゃんもさっきまでのからかうような様子もなくつぶやく。

「詩織」

突然名前を呼ばれて、

「はい！」

姿勢を正して答えた。

「人には他人の領域に関わっちゃいけない部分があるんだよ。良かれ、と思ってしたことが相手を傷つけることもあるんだ」

「……うん」

「余計なことはもう、するなよ」

いつものキツい言いかたでないぶん、もっと胸に響く言葉だった。

翌日の仕事はなんだかヘンだった。

穂香さんの話が胸に残っていて、いつもみたいに雄也に軽口をたたくこともできずにいた。

……余計なことをして相手を傷つけていることもある。

昨日の雄也の話はもっともだ、と思った。

竜太さんがもうすぐ彼女を連れてくる。

自分の突っ走るクセがでないように気をつけなきゃ。

「おはよう」

昼前になって顔を出した竜太さんたち。

爽やかに店内に入ってくる竜太さんの後ろから、紺色《こんいろ》のスーツに身を包んだ女性が姿を見せた。背が小さくて丸いメガネをかけている彼女は、深くお辞儀をした。

この人が竜太さんの彼女なんだ。よく顔を確認しようと注視していると、ちょうどナムが外から中に入ってくるのが見えた。

あ、危ない。思った次の瞬間、歩き出した彼女の足に後ろからナムがぶつかった。

「ひゃあ」

ナムの悲鳴かと思ったら、それは彼女の口から発せられていた。そして、そのままつるん、とお尻からすっころんだのだ。

それはそれは見事な転びかたで、かけていたメガネが遠くに飛んでいくほどに。

『キングオブ転びかた選手権』があるなら優勝間違いなし。お尻から思いっきり打ちつけ、すごい音が響いた。

何事もなかったようにのんびりといつもの定位置に座ったナム以外、誰も動けずにいた。

「大丈夫ですか⁉」

呪縛《じゅばく》から解けてかけつけると、

「いたたたた」

顔をしかめてお尻に手を当てている。

転がっていたメガネを渡すと、目を細めてそれを確認して、

「す、すみません」

あわてて装着する。

第一印象は、すごく幼く見える。本当に竜太さんより年上？ってくらい化粧っ気もなく、そばかすがある顔は若く見えた。

「ほんとによく転ぶなあ」

あきれたように、それでも手を差し伸べる竜太さんにつかまってなんとか立ち上がると、

「遅れました。私、島《しま》千鶴です」

と、ペコリとお辞儀をした。

「あ、いらっしゃいませ……南山詩織です」

ふたりでペコペコ挨拶をし合ってから席へ招く。

こっちの騒動なんて気にした様子もなく、雄也は今朝のメニューを作り始めていた。

「やった！　今日は『卵浸しパン』だ」

厨房を覗いて声を出した竜太が、ようやく横に座った千鶴さんに、

「これが例のやつ」

と、説明している。

「竜太さんのお気に入りのやつですね」

「そうそう。これがまた、うまいんだよなぁ」

うっとりとした表情をやさしく見た千鶴さんが、

「いつも竜太さん、この話ばかりしていますものね」

と、うなずいた。

不思議な感覚だった。

まるで先輩と後輩みたいな会話。

三年もつき合っているのに、どうして千鶴さんは敬語なんだろう。

とりあえずお茶を入れながらチラチラ、と観察する。

「用意して」

雄也の声に、棚から器を出す。フライパンではもうすぐ『卵浸しパン』ができあがろうとしていた。

もう何度か登場しているので、私も少し慣れている。

このメニューのときは、カロリーを考えて副菜はなく、汁物のみが添えられるのだ。

鍋から器に副菜代わりの豚汁《とんじる》を注いでお盆にセットすると、熱々の主役もお皿に載せられた。

「お待たせいたしました」

客席に回って千鶴さんの前に置いているうちに、待ちきれなかった竜太はカウンター越しに雄也からお盆を受け取っていた。

「さ、食べよう」

お箸を手にした竜太に、

「はい」

と、素直に千鶴さんはうなずくが、メガネが真っ白に曇ってしまいお箸を落っことした。

「あ、ごめんなさい」

「大丈夫です」

新しいお箸を雄也から受け取って交換すると、

「豚汁の具が野菜以外ならうれしいのになぁ」

そっちを気にもせずに、竜太さんはお箸でお椀の中から里芋《さといも》をつかんでぼやいている。なんだかどちらもマイペースな似た者同士に見えて笑える。

「いただきます」

千鶴さんもひと口大に切ってある『卵浸しパン』を箸で持った。

すぐに漂ってくる香り、それはフレンチトーストではありえない食材のもの。

「味噌、ですか？」

と、千鶴さんが尋ねると雄也は少し目を開いた。

「ああ」

そうしてから熱々の黄色いパンを口に入れた千鶴さんは、またしてもメガネを白くさせながら「あ、おいひいれす！」とモグモグ口を動かしながら感想を言った。

「だろ」

ふふん、と自分が作ったわけでもないのに自慢げな竜太は、バクバクと箸を進めている。

千鶴は、ごくりと口の中のものを飲みこんでから、

「すごいです」

と、雄也を見た。

「想像以上においしすぎます！」

「あたりまえだ」

まんざらでもない様子の雄也はとぼけた顔をした。

「日本風のアレンジを加えるために、信州《しんしゅう》味噌とネギを間に挟んであるのですね」

「ネギはなくてよいと思うんだけどなぁ」

野菜嫌いの竜太さんのアドバイスに、千鶴さんは少し笑った。

「でも、歯ごたえがあるからアクセントになっています」

「まぁ……言われてみればたしかにそうかも」

「それにパンに染みこんだ豆乳の甘さが強調されますし」

そう言うと、千鶴さんは豚汁にも箸を伸ばした。

ひと口飲んでから大きくうなずく。

「どちらも豆乳を使っていますね。味噌は豚汁には使ってないので全然違う種類の味に感じられます」

興奮したように口にする千鶴さんは、そのあとは黙って食べ始めた。

珍しく驚いた顔をしている雄也と目が合った。味噌が入っていることは当てられても、それが信州から取り寄せた味噌だとわかった人は初めてだったから。千鶴さんは料理が得意なのかもしれない。おっとりしているように見えたけど、好きなものに対してはすごく熱く饒舌になる人なんだな……意外。

竜太さんがふと、箸の動きを止めたかと思うと、首をかしげた。

「でも、どうしてこの名前なの？　和風の名前なら『パン』はおかしくない？」

ああ、それは私も以前疑問に思って雄也に尋ねたことがある。雄也が私をチラッと見た。私が説明しろ、ってことだね。

「私も知らなかったのですけれど、『パン』は日本語だから大丈夫なんですって」

「へぇ、日本語なんだ」

ちなみに英語だと『ブレッド』になる。それに汁物は、『豆乳スープ』ではなく『豆乳豚汁』という名前で、塩味が豆乳に良く合っている。

竜太さんがチラチラ私を見てくる。

あ、そうだった……。千鶴さんの気持ちを探らなくちゃいけないんだった。

自分の使命を今さらながら思い出すけれど、竜太さんのいる前で聞くわけにもいかないし、どうすればいいんだろう?

そのときだった。

「あ、しまった」

素《す》っ頓狂《とんきょう》な声をあげたかと思うと、竜太さんがガバッと立ち上がった。端っこの席のナムも驚いて目を丸くして見上げている。

「今日会議があったんだった。やばい、遅刻だ」

この上ない棒読みを聞いてわかった。竜太さんの作戦なんだ、って。

「会議?　それじゃあ行かなくちゃですね」

のんびりと答える千鶴さんに、

「ごめん。先に行くよ」

カバンを手にした竜太さんがポケットに入れていた千円札を私に渡してくるので受

け取った。初めから用意していたことが丸わかりじゃん。

演技が相当苦手なことがそれだけでも伝わってくる。

「千鶴、ゆっくりしていくといいよ」

そう言いながらも意味ありげな視線を私に送ってから、竜太さんは出口に向かって走る。

「あ、ありがとうございました」

見送りにも行けないまま言うが、きっと聞こえていないだろう。嵐のようにバタバタと出ていってしまった。


ようやく食べ終わった千鶴さんが、少し顔をしかめたのに気づく。

「どこか、痛いですか？」

「夢中になって食べてて忘れてました。腰のあたりがなんだかすごく痛いです……」

申し訳なさそうに言う千鶴さんだけど、

「痛みを忘れるくらいおいしかったです」

にっこりと笑ったので、私もつられてしまう。まるで空気を和らげるような雰囲気に、竜太さんが彼女を好きになった理由がわかるような気がした。

「喜んでもらえてよかったです」

「ここは、日替わりでメニューを出されるのですね？」

「はい。昨日は魚で、その前はお肉料理でした」

「そうですか。彼……竜太さんはお魚は食べないでしょう？」

クスクス笑う千鶴さんに、私も意地悪い顔を作る。

「薬だと思って食べているみたいですけれど、このメニュー以外の日は『ハズレだ』なんてぼやいてますね」

「好き嫌いが多い人ですから。食べ物もそうですけれど、思うままに生きていたいんですよ。自由に、縛られずに」

少し寂しそうに言う千鶴さんに、まとっていた空気が変わったような気がした。けれどすぐに、

「ま、私も自由が好きですけれど」

目じりを下げたので曖昧にうなずく。

少し胸がざわざわした。

そして、彼の頼みを聞くなら今しかない、と思った。

「あの、竜太さんとはもう長いおつき合いなんですよね？」

何気ない口調を意識するけれど、難しかった。

「そうですね。たぶん、一年……二年……あれ、もう少しつき合っていましたっけ？」

私に聞かれても困る。眉をひそめている私とにらめっこのように向き合ってから、

「あ、三年ちょっとですね」

自分で答えを導き出した様子の千鶴さんが、指を三本立てた。

なんだか不思議な人だ。おっちょこちょい、というか天然っぽいのかも。

「あの、失礼ですけど……その……結婚とかのご予定ってあるんですか？」

核心《かくしん》に迫る質問に千鶴さんは一瞬ぽかん、としたかと思うと、ふにゃっと笑顔になった。

「ないですよぉ。竜太さんは、自由が好きな人ですもん」

あまりにもあっさり否定するので拍子抜けしながらも、

「そうですか」

と、うなずいたけれど……。

「竜太さんがその気になれば、結婚するってことですか？」

加えて質問してみる。

「うーん」

首をかしげた千鶴さんは、しばらく考えていたがやがて肩をすくめた。

「わからないですね。私、先のこと考えるの苦手なんですよ。それに結婚ってひとりではできないじゃないですか。竜太さんには、その気はありませんしね」

と、あっけらかんと笑った。

彼女はひまわりのように明るくてサバサバしている印象。

だけど、なんだか笑顔が無理しているように見えてしまうのは、先入観のせいだろうか。

仕事に行く、という千鶴さんを店先まで送るとぐんぐん気温が上がっているのを肌で感じた。この間まで梅雨だと思っていたのに、夏がいつの間にかやって来ていたなんて本当に毎日が過ぎてゆくのが早い。

「今日はありがとうございました。またお越しくださいね」

「はい。ぜひ寄らせていただきます」

深々と頭を下げてから、また千鶴さんは腰を押さえて痛そうな顔をした。

「大丈夫ですか?」

「うーん、けっこう痛いかもです」

「病院に行かれたほうがいいかもしれません」

本当に痛そうにうなずいてから、

「ほんと……もうすぐ三十三になるのに情けないですよね」

自嘲気味に笑う。首を横に振って否定したけれど、千鶴さんは浮かない表情。

「これじゃあ、いつか嫌われちゃいそうですね。私だったら、こんな頼りない大人と結婚したいなんて思えないですもの」

ふう、とため息を落として外に出た千鶴さんが声のトーンを落とした。

明るい日差しなのに、急に翳《かげ》ったような感覚。

彼は、彼女がこんなふうに思っていることを知っているのだろうか……。もっと気持ちを伝え合えばいいのに。

恋人ってなんなのだろう？

ふとした疑問がわいてくる。

奈良町通りに向かって歩き出す千鶴さんに、

「千鶴さん」

私の口は勝手に呼び止めていた。

「はい」

にっこりと笑って振りかえる彼女に、一瞬迷ってから質問する。

「千鶴さんは今、幸せですか？」

私の質問に、千鶴さんの顔が一瞬ゆがんだように見えた。

けれどそれは数秒のことで、すぐに笑顔に戻ると、彼女はうなずく。

「はい。幸せです」

無理をしている、と思ったのは勘違いじゃないと思った。

千鶴さんの反応を、竜太さんに報告するかを迷っているうちに数日が経った。その間にも夏は本格的にこの町に訪れ、ニュースでも熱中症《ねっちゅうしょう》や水不足の話題が多くなってきている。この間まで梅雨の豪雨ばかりを嘆いていたのに、人間はぜいたくなものだ。

週明けの月曜日のピークが終わったころ、ついに竜太さんが店に現れた。

一週間ぶり、というのは記憶では初めてのこと。

「おはようござ――」

言いかけた言葉を止めたのは、竜太さんの顔つきがいつもと違ったからだった。眉間にしわを寄せて、真剣な顔で挨拶もせずにイスにドカッと着地した。

違和感に雄也を見やるが、いつものように今朝のメニューである鶏団子を木べらで作り出している。

沈黙が店内に流れた。

「いらっしゃいませ」

お茶を入れて目の前に置くと、ようやく竜太さんはハッとして顔を上げた。

「ああ……ありがとう」

いつもの元気はなく、なにかあったのだとすぐにわかる。

が、雄也の手前、そのまま厨房に戻った。

鶏団子を煮てそこに春雨を加えたころ、ようやく竜太さんが口を開いた。

「いなくなったんだ」

副菜の準備をしながら、その顔を見ると悲壮感《ひそうかん》にあふれている。

「いなくなった……？　それって千鶴さんが、ですか？」

「ああ。この間ここに来た日以来、連絡が取れないんだよ。電話しても留守番電話につながっちゃうんだ」

ため息をついた竜太さんは肩を落としている。

「仕事先には……？」

できあがった料理を運んでから尋ねると、小さく竜太さんは首を横に振った。

「会社名は知っているけど、どこの部署かわからなくてさ……。電話したけど、個人情報保護とかで答えてくれなかった」

「そうですか……」

「家も行ってみたけど、オートロックのマンションでさ。中に入れなかった。だいたい、実家も知らないし」

目の下のクマが疲れを表している。

千鶴さん、どうしたんだろう……。

「情けないよね。長くつき合ってるくせに、なんにも知らないんだもの」

箸を手にした竜太さんだったけれど、やはり食欲はないらしく少しずつしか口に運んでいない。

「警察とかには行かれたんですか?」

私の問いに竜太さんはうなずく。

「事件とかじゃないみたい。こちらも事務的対応で『なにかわかったら連絡します』だった」

「どうしたんだろうね」

厨房に戻って雄也に問うが、

「大人なんだから大丈夫だろ。そのうち戻ってくるさ」

冷たさ全開で言い捨ててから、雄也は奥に引っこんでしまった。

この状況はマズイ……。食べる量以上にため息をついている竜太さんにかける言葉もないまま時間だけが過ぎてゆく。

半分も食べずに財布からお金を取り出した竜太さんが、

「そうだ……」

と、つぶやいて私を見た。

「この間、あいつなにか言ってた？」

ビクン、と体が跳ねたのを自分でもしっかりと自覚しちゃうほどの動揺。

当然、しっかりと竜太さんにも伝わったようで、

「なんて言っていた？」

と、その目が光ったように見える。

ああ、どうしよう……。モゴモゴと迷っているうちに、そんなことしている場合じゃないことに気づく。

きっと彼は本当に千鶴さんを心配しているのだろうから。躊躇しながらも答えることにした。

「あの日、千鶴さんに『結婚とかのご予定はあるんですか？』と尋ねました」

「うん」

「千鶴さんは『竜太さんは自由が好きな人だから』と、答えておられました」

事実を伝えると、竜太さんは考えこむような顔をした。

「他には？」

そのままの姿勢で尋ねられた私は、気づけば息を止めていた。答えない私に竜太さんのまなざしが向く。

「あの……これは私の主観です。気のせいかもしれないのですが……」

「うん」

「帰るときに千鶴さんは一瞬泣いていたように思えました」

『幸せですか？』と、尋ねたことは伏せて伝えるが、竜太さんは絶句して固まってしまう。

しばらくそうしてからおもむろに立ち上がると、

「ごちそうさま」

聞こえないほどの声で言って出ていこうとする。

「私も捜します」

無責任な発言だとは思ったけれど、返事がないまま彼は行ってしまう。

誰もいなくなった店には、竜太さんの冷めた朝ごはんが残されていた。

一部始終《いちぶしじゅう》を見ていたナムと目が合うが、すぐに目を閉じてしまった。

千鶴さんが行方不明だなんて、まだ驚いている自分がいる。あの日の千鶴さんの最後の表情がずっと心に残っている。

「どうしちゃったんだろう」

つぶやく声に、答えてくれる人はいなかった。

「失踪、じゃないかしら」

和豆はそう言うと、いつもの茶粥を口に入れて満足そうに目じりを下げた。

「へ？」

手葉院の裏手にある玄関の上がり框は夏というのにひんやりとしている。昔の建物は、日本の四季をしっかりと考えて造られているのだろう。

そんなことより今の発言が気になる。

「失踪、って大人がするものなの？」

グラスの緑茶を置いて尋ねると、和豆はあきれた顔で大きくうなずいた。

「大人だからするのよ。現に、穂香ちゃんもそうだったでしょう？」

「でも、千鶴さん、そんなことするかな」

天然っぽいけれど責任感の強そうな印象だったし。人に心配かけるようなことをするとは思えなかった。

「誰だって逃げ出したくなるときはあるわよ」

「そんなふうには見えなかったけどなぁ」

「あら。たった一度会っただけでしょう？　人間なんて心の奥ではどんなこと考えているかわからないものよ」

悩んでいる私に向かって和豆は、

「きっと、詩織ちゃんのせいよ」

キツイことをさらっと言ってくるのでギョッとした。

「な、なんで私のせいになるわけ？」

「だって、最後に質問したんでしょう」

「それは……」

話の流れで全部言ってしまったのだ。雄也にも、竜太さんにも言えずにいることを、和豆にはスラスラ話せてしまう。和豆が聞き上手っていうのもあるし、毎日の差し入れで正直、話を聞いてもらうのが楽しみになっているのもある。

「彼女はね、ずっと考えていたのよ。『このままでいいのかしら？　結婚する気もない男といて大丈夫かしら？』ってね。そこに、あなたが『幸せですか？』ってトドメを刺しちゃったわけ」

な……。

驚きのあまり喉《のど》の奥で息がつまってしまい、口をパクパク開閉する私。

「彼女はそこで気づいたのよ。『このままじゃいけない』って。『私には未来がある、だから旅立つのよ！　今すぐに！』」

舞台女優さながらに大きく体を動かして叫ぶと、

「これおいしいわねぇ」

副菜の奈良漬けをほおばりながらニッコリ笑っている。

「ひどい。そんなつもりで尋ねたわけじゃないもん」

「でも、彼女はその言葉でこれまでの自分を振りかえったのよ。そして結論を出した」

そう言われてみれば、あの一瞬の泣き顔は説明がつくよね……。

「今は、お互いつらいかもしれないけれど、きっといつか落ち着くわよ」

自分の言葉に、ふんふんとうなずいている。

「他人事だと思って」

最後の攻撃を試みるも、

「あら、他人事だから客観的に意見を述べられる、ってものよ。主観は感情というフィルターがかかるからピントを合わせづらいの」

あっさりかわされてしまった。

「じゃあ、待っているしかできないの？　私のせいでこうなったかもしれないのに？」

「今はあなたのせい。だけど、いつかあなたのおかげ、に変わるわよ」

ほほほ、と笑う和豆はまるで人生を悟《さと》っているかのよう。

「そういうものなの？　三年もつき合っているのに。さよなら、も言わずに消えちゃうなんて悲しすぎるよ」

ふう、と息を吐いてからお茶をグイと飲んだ。

私には想像もつかない話だけど、そんなふうに相手が消えてしまったら立ち直れないかもしれない。

「そうね。恋は、どこか悲しいのよね」

それには反対する気がないらしく、和豆もため息で同意を示した。

意外な反応に、その顔を見た。

「あら、私だって大恋愛くらいしてるわよ。まぁ、ほとんどがフラれ役だけどね」

それでも恋をしたことがあるなんてうらやましい。恋なんて、遠い話だと思っていたけれどいつか私も出逢えるのかな？

そんなことを考えている自分が、すっかり和豆の仮定の話に染まっていることに気づく。あくまで自ら失踪した場合の話だし。

一度会っただけだけれど、そんなことする人にはどうしても思えないから。

「もう少し捜してみる。他の理由かもしれないから」

立ち上がった私に、和豆はあきれた顔をした。

「ほんと頑固ねぇ。雄ちゃんそっくり」

最後の言葉に私の顔色が赤く変わったのだろう、和豆は両手を上げて降参《こうさん》のポーズをした。

買い物ついでに千鶴さんの姿を捜したけれど、こんな近くにいるわけがない。もうすぐ三時になってしまうので、結局見つけられないまま店に戻ることにした。

買い物袋をぶら下げて、猿沢池を抜けると奈良町通りに差しかかる。

こんな暑い日でも観光客はどこからともなく沸《わ》いてくるよう。陽気な西洋人がにこやかに挨拶して通り過ぎてゆく。

その向こう、足を引きずるようにしてこっちに向かってくる人影が見えた。

「え、ウソでしょ」

お互いの距離が近づくにつれて、それが竜太さんであることがわかった。

「竜太さん！」

すぐそばまで来て声をかけた私に、一瞬ハッと顔を上げた竜太さんは、私であることがわかると、

「きみか」

と、つぶやくように言葉を落とした。

「まさか、ずっと捜してたんですか？」

うなだれている彼の服装は朝のまま。シャツが汗染みを大きく作っていて、髪は額《ひたい》に張りついていた。

意識が朦朧《もうろう》としているのか、今にも倒れそうにその場で左右に動いている。

「仕事、お休みされたのですか？」

私の質問にぼんやりした視線を向けると、

「……そんなのどうだっていい」

と、言ってから表情をゆがめた。

「僕の、僕のせいなんだ……」

竜太さんはその場に力なく崩れ、膝をつく。

「しっかりしてください」

肩を支えると、竜太さんは額に汗を流して目をぎゅっと閉じていた。ううん、これは涙だ……。

「僕が悪いんだ。僕のせいで千鶴は……」

嗚咽《おえつ》を漏《も》らしながら後悔を口にする竜太さんに、私はなにも言えずにそばにいるしかできなかった。

「今さら気づいても遅かった。遅かったんだ……」

「まだわからないじゃないですか」

励ます言葉も安っぽく感じてしまう。私にはふたりがどれほど愛し合っていたのかわからないから。

根底に流れている深い愛が見えなくなって、ついないがしろにしてしまったのかもしれない。和豆がいたら客観的にアドバイスができるんだろうけれど、私には経験不足で力になれない。それが、切なかった。

打ちひしがれている竜太さんにかける言葉も見つからないまま、遠くにセミの声を聞いていると、振動音が耳に届いた。

竜太さんのポケットで震えているそれは……。

「あの、竜太さん。スマホが鳴っているみたいです」

言われている意味がわからないのかきょとんとしてから、ようやくポケットの震えに気づいたようで、黒いスマホを取り出した。

「きっと会社からだ……」

と、力なく言いながら画面に目をやった竜太さんは、

「え？」

小さな声でつぶやいてすぐに耳にスマホを当てた。

ひょっとして、千鶴さんが……？

期待に胸がドクンと鳴った。無意識に祈るように両手を合わせてしまっている。

これじゃあ亡くなった人みたい、と気づいてあわてて手を離した。

竜太さんは「もしもし！」とかじりつくようにスマホに向かって声を出してから、

「あ……はい」

と、敬語で話しだすから、電話の相手は望んでいた人ではないことを知る。

観光客が道端で膝をついている私たちを不思議そうに見ながら通り過ぎてゆく間、竜太さんは、「はい……。ええ、そうです」と、力なく答えていたかと思うと、私にスマホを差し出してくる。

「え？」

受け取りながら竜太さんを見るけれど、彼は深いため息をついていて答えてくれない。

いったい誰？

思ってもいない展開に不安になりながらも、

「もしもし？」

汗で濡れているスマホを耳に当てると、すぐにその声が聞こえた。

『どこで油売ってるんだ』

「え？　あ……雄也？」

『他に誰がいる。何時間買い物してるんだ』

声のトーンがいつもよりさらに低く、彼の機嫌の悪さを表している。てか、電話くらいもう少し愛想良くてもいいのに。

「今から帰るところ。もう近くまで来てるから」

『ふん。どうせまた余計なことしてたんだろう』

ギクッとしたけれど、

「とにかく戻りますね」

ごまかすように丁寧に答えた。

『竜太も連れてこい。あの声じゃ、どうせクタクタになってんだろ』

見ると竜太さんはもう立ち上がっていた。

「うん、わかった。……ごめんなさい」

同じように立ってから、スマホを竜太さんに返した。

「ごめんよ。僕のせいで怒られて」

「いいんです。いつものことですから」

弱っている人に謝らせてしまい、私こそ申し訳ない気持ちで取り繕うと、

「竜太さんもお店に連れてこい、って言ってるんですけど……」

恐る恐る言ってみた。彼にとってはお茶している時間なんてないだろうけれど、少し休憩しないと本当に倒れてしまいそうだ。

異論はないようで、竜太さんはうなずいた。

「さっき同じこと言われたよ。『詩織のバカを連れてこい』って」

あの人なら言いそうなことだ。

細い道に進む私に、竜太さんはゆっくりとした足取りでついてきながらも、まだ辺

りをキョロキョロ見ている。

こんなところに千鶴さんがいるわけもないのに、どうしても見つけたいんだろう。

やっぱり、私にかけてあげられる言葉は見つかりそうもなかった。


戸を開けると、厨房で仁王立ちしている雄也が目に入った。

怒っているときのファイティングポーズだ。

「遅くなりました」

一応そう言うが、答えはない。少し遅れて入ってきた竜太さんは、クーラーの涼しい風に少し安心したような顔をした。一日中町を捜索《そうさく》していたのなら、熱中症になっているのかもしれない。

「お座りください」

左端にはあいかわらずナムが座っているので、右端へ案内する。

すぐに手を洗ってから、おしぼりとお茶を用意した。

「冷たい飲み物はないわけ？」

まだ汗が止まらない竜太さんに七十度という熱いお茶は厳しいだろう。

けれど、

「あるわけがない」

そっけなく返されてしまう。

「……あれ？　なに作っているの？」

油のたっぷり入ったフライパンで、雄也は衣《ころも》のついたなにかを焼いていた。今日のメニューは鶏団子と春雨の煮物だったはず。よく見ようと近づくとフライパンの蓋を閉められてしまう。どうやら揚げ焼きにするらしい。

そういえばさっきから空気が香ばしい。

「準備しろ」

そう言って指さした小鍋では、見たことのない野菜が茹でられている。そうか、今朝あまり食べなかった竜太さんを心配して作ってあげているんだ。意外にやさしいところもあるじゃん。

「副菜は『軟白《なんぱく》ずいきのクリーム和《あ》え』だ」

「あ、これが軟白ずいきなんだ」

唐芋《からいも》系の芋であるずいきが大和野菜であることは本で読んで知っていたけれど、実物を見るのは初めてだった。芋が小さく幼いうちから新聞でくるんで、太陽の光を遮《しゃ》断《だん》して育てるため、紫色ではなく牛乳のように白色をしているとのこと。

名前のとおりクリームソースには黒ゴマが入ってるらしくさっきから小さな音を立てて沸騰《ふっとう》していた。

器に入れた野菜にクリームをかけると、ほっこりとした甘い香りがして、さっき食べたばかりだというのにお腹がすくのを感じた。

フライパンからお皿に盛られたのは薄く衣のついた魚のフライ。そこに雄也は右手に持っている器からソースをかけた。白いそのソースは、まるでさっきのクリームソースと同じものに見えるけれど、匂いで違いがわかる。

「これって、ヨーグルト?」

「ああ。こっちにも黒ゴマを入れている」

盛られた二品は、かかっているソースが白色ベースに黒い斑点《はんてん》模様。

いつもは見た目にもこだわるのに、似たようなごはんを作るのは珍しい、と思った。

味噌汁を注ぐと、輪切りにしたオクラがたくさん浮いている。

さっきから疲れた顔で呆然としている竜太さんの前にお盆を置くと、

「あ……」

ためらうようなそぶりを見せた。そうだろうな、と思う。こんなときにごはんなんて食べられないよね。

厨房に戻ると、

「いいから食え」

雄也の声。

「でも、僕……」

「食え！」

びっくりするほど大きな声を出した雄也に、

「ちょっと」

と、腕をつかんで抗議した。心が弱っている人にあまりにもひどい。デリカシーがここまでない人だとは思わなかった。

しかし雄也は私の手を軽く振り払うと、竜太さんに顔を近づけた。

「食えば全部解決する」

「……どういう意味？」

竜太さんの質問に私も同意する。

「ぜんぜんわからないよ。雄也、ちゃんと説明して」

ふたりでじっと雄也の顔を見るけれど、かえってきたのは舌打ちだった。それもかなり大きな音で。

「あのな。俺は温かい食事を出すことを生きがいにしているんだ。余計な会話をしてせっかくの料理を台無しにすんな」

「だけどこんなときに」

言いかけた私に、

「……わかりました」

あきらめたように竜太さんは言うと、箸を持って味噌汁をひと口飲む。

無理してでも食べようとしているんだ。

なんだかかわいそうに思っていると、

「味噌、変えました？」

竜太さんは雄也に尋ねた。

「い・い・か・ら・食・え」

ゆっくりひと文字ずつ区切って言う雄也の顔が、怒っていることに気づいた竜太さんは、「はい」と大人しく箸を進めた。

さっきの揚げ焼きされているものは、箸を入れた断面を見て正体がわかった。どうやら白身魚を丸めたもののようだった。間には色鮮やかな野菜が見えている。

「魚のフライ？　ヨーグルトに合うの？」

「ああ」

洗い物を始めた雄也が小さくうなずいてから、

「俺も初めて知った」

なんて口にしたので驚いた。

「どういうこと？」

小声で尋ねるが、もう完全無視。答えずに水を洗う音だけが聞こえてくる。

それにしてもよりによって魚と野菜だなんて、竜太さんは好きじゃないのにな。

……と、あれ？　渋々食べていたはずの竜太さんの箸がどんどん進んでいることに気づく。むしろ、自ら進んで食べているよう。

そのとき、ゴミ箱の中のものがふと目に入り違和感を覚えた。

値札が貼ったまま捨ててあるトレー容器。そこには『キス』と記してあったのだ。

キスがあのフライになっている魚だということはわかった。

だけど今朝、冷蔵庫にこのトレーはなかったと思う。それを言うなら、さっきの軟白ずいきも同じ。

いつの間に買い物に行ったんだろう？

疑問を解消しようと考えているうちに、

「ごちそうさまでした」

竜太さんは食べ終わったようだった。見ると、主菜の皿も副菜の小鉢ですら完食している。『卵浸しパン』以外のメニューで綺麗に食べたことなんてなかったのに。

「食ったか」

満足そうに言う雄也に、竜太さんは「はい」と答える。さっきよりもずいぶん顔色も良くなり元気になっているように思えた。

やっぱり食べることで人は元気になるものなんだ。

さっきの死にそうな顔から少しでも復活してくれたならうれしい。

「それは『キスの変わり揚げ焼き〜黒ゴマのヨーグルト味〜』だ。味はどうだった？」

雄也がそう尋ねたので、またしても驚いてその顔を見てしまう。

それは竜太さんも同じだったようで、

「え？」

と、今聞いたことが信じられないように聞きかえした。それもそのはず、雄也は自分の料理に絶対的な自信を持っていて、いちいち味の評価をもらったりしないから。

『おいしいのはあたりまえ。俺が作ってるんだから』とまで言っているくらい。

それがなぜ？

答えない雄也に、竜太さんは軽くうなずいた。

「すごくおいしかったです」

「どういうふうに？」

「え？　あ、あの……。そうですね。野菜は苦手ですけれど、この軟白ずいきはクリームでその苦さがわからないほどでした。オクラも好きじゃないけれど味噌汁にとても合っていたと思います」

「魚は？」

おかしい。こんなに詳しく聞き出そうするなんて、絶対におかしい。竜太さんだって同じように思っているのだろうけれど、そこはヘビににらまれたカエル。

「ヨーグルトと黒ゴマが合わさるとすごく和風な味になるんですね。間に挟んであった野菜も香ばしくて、それがとてもおいしかったです」

と、答えた。

雄也はその答えを聞いて満足するかと思ったが、表情を険しく変えた。

そうしてから腕を組むと、

「俺は納得できんがな」

と、言った。

ぽかんとする私たちに、雄也は味噌汁を指さす。

「オクラの色を見ろ。茹ですぎで緑色がぼやけているだろ。これじゃあ本来の味が消えちまう」

たしかに、別茹でしていなかったのだろう。すっかり味噌の色に染まってしまっていた。

「次は軟白ずいきだ。大和野菜は素材の味こそが醍醐味《だいごみ》なのに、味の濃いクリームソースなんて邪道《じゃどう》だ」

ふん、と鼻息を出して言う雄也が信じられない。

なに言ってるの、この人？

「最後はこのキス。今が旬《しゅん》の魚にヨーグルトソースなんてかけたらせっかくの素材の良さが半減しちまう」

そう言ってから雄也は「つまり」と、言葉を続けた。

「店に出すメニューとしては、全部失格だ」

ぽかーん。

私だけじゃなく竜太さんの時間まで止まってしまった。

「意味がわからないよ。なんでそんな料理を竜太さんに食べさせたわけ？」

全部食べろ、と命令しておいてそれはないんじゃない？

混乱している私の向こうで竜太さんは首をかしげた。

「でも……」

「なんだ？」

「魚の生臭さがまったくなくて、いつもよりおいしく感じました」

自分の言葉にうなずきながら竜太さんは言った。

「……そうか」

短く言った雄也の表情が少しだけ緩んだように見えたのは気のせい？

「ねぇ、説明してよ」

　これじゃあなんのことだかさっぱりわからない。自分で作っておいて『失格』とか、ありえないし。

「まだわからないのか。これは竜太が苦手な食材をおいしく食べられるように考えてある料理なんだよ」

「あっ……たしかに」

　空《から》になったお皿を見つめて竜太さんが目を見開いた。

「魚の中に入っている緑黄色《りょくおうしょく》野菜のおかげで、栄養もたっぷりだ」

「へぇ。雄也さんありがとうございます」

　感心したように少しだけ笑った竜太さんに、雄也はもう表情を元に戻して言った。

「作ったのは俺じゃない。俺はそんなめんどくさいことはしない」

「雄也さんじゃない？　それって――」

　湯呑を持ち上げたまま動きを止めた竜太さんが私を見たけれど、ぜんぜん私にもわからない。

　すると、雄也は奥の戸に向かって声を出す。

「出てきていいぞ」

「ええええ」

声を出したのは私のほう。誰かが奥にいるってこと?

静かに戸が開き、そこにいたのはエプロンをした背の小さな女性だった。

丸メガネで照れくさそうに笑っているその人は、千鶴さんだった。

「千鶴……」

真っ先に声を出したのは竜太さんだった。厨房の奥に立っている千鶴さんを信じられないような顔で見ている。

「竜太さん、ごめんなさい」

深く頭を下げてから、千鶴さんは厨房の外に歩いてくる。

「あ……」

思わず声を出したのは彼女が右の足を軽く引きずっていたから。

なんとか席のほうへ回ると、まだ呆然としている竜太さんの隣に腰をおろした。

まだ幻を見ているように、竜太さんはまばたきもせずにその顔を見ている。もちろん私もぽかんとしているだけ。だって、ずっと捜していたのになんでここにいるのだろう。

「ケガ、されているんですか?」

そう尋ねてすぐに思い当たる。

「ひょっとして……この間、ここで転んだときに?」

あの転倒はたしかにすごい音がしていた。

まさか、と思いながら尋ねると恥ずかしそうに、首を横に振った。

「違うんです。あの日、会社で腰の痛みにバランスを崩して階段から転げ落ちてしまったんです」

「骨折をしたのですか？」

ギプスはしていないようだけど、右足が包帯で何重にも巻かれているのが痛々しい。

「いいえ。筋を痛めたようで……そのまま入院になっちゃったんです」

そこまで言ってから千鶴さんは竜太さんの顔を見た。

「ごめんなさい。会社にスマホを置いたまま運ばれてしまって、連絡が取れなかったんです」

思ってもいない展開に、まだ言葉を発せないでいる竜太さんに代わって、私が尋ねることに。

「でも、病院から竜太さんに電話で連絡するとか、会社に連絡するとかできたんじゃないですか？」

「それが……」

肩をすぼめて千鶴さんは身を小さくした。

「竜太さんのスマホの番号を覚えていなくってですね。勤めている会社もなんていう名前かよくわからなかったんです……。私ドジだから……。本当にごめんなさい」

「でも、竜太さんすごく心配していたんですよ。今日だって――」

言いかけた私に、イスを鳴らして竜太さんが突然立ち上がった。

その目に涙が浮かんでいる。

「悪かった」

そう口にした竜太さんの瞳から大粒の涙がこぼれ落ちる。

「竜太さん？」

「僕が悪かった。千鶴のこと知っているつもりで僕はなんにも理解してなかった」

首を横に振った千鶴さんの目にも光るものが見えた。

「私こそ、恋人失格です。ちゃんと覚えておくべきでした。心配かけてごめんなさい」

「もう、大丈夫なのか？」

震える声で竜太さんが千鶴さんの髪をなでると、

「ええ。今日退院できたんです。急いで家に向かっていたら、店主さんに会って」

と、雄也を見た。

「ふん。ただの偶然だ。料理の知識はありそうだから、遅いおまえらを待っている間に作らせたんだ」

ギロッとにらんでくる。

雄也のイヤミも、竜太さんにはどうでもいいことらしく、さっきからずっと、千鶴さんから目を離さない。

そうして、彼は言った。

「僕のために料理を？」

「はい。なかなかお披露目《ひろめ》できる機会がなかったんですけど、入院中に考えていたんです。退院したら食べず嫌いが治るようなお料理を作ろう、って」

「僕の……ために……」

さっきと同じ言葉は、まるで自分に向かって言い聞かせているようだった。

よれよれのシャツの袖で涙をぬぐった竜太さんは、千鶴さんの両肩に手を当てた。

そうしてから迷いのない目と口調で告白する。

「千鶴、僕と結婚しよう」

心の底から願っている想いが言葉になったのだ、と伝わってきた。

「竜太さん？」

「僕と一緒に生きてゆこう」

涙声で、だけど力強い口調に千鶴さんは困惑《こんわく》した顔をした。

「でも、竜太さんは自由が好きな人じゃないですか」

「うん」

素直にうなずいた竜太さんが歯を見せた。

「きみといる自由が好きなんだよ。きみがいる人生が好きなんだよ。だから、僕と結婚しよう」

「……竜太さん」

千鶴さんの目からも涙がひと筋流れた。


ふたりが帰ったあと、片づけをしている間に夕方になっていた。

『今日が、おふたりにとって〝新しい一日〟でありますように』

私の願いをこめた言葉にふたりが見せた笑顔は、晴れ渡る青空のようだったっけ。

五時を過ぎてもまだ明るい空には入道雲《にゅうどうぐも》が形を変えながら浮かんでいる。

残業になってしまったけれど、まだお腹のあたりが温かいまま私まで幸せな気持ちが続いていた。

プロポーズを受けた千鶴さんは、竜太さんに支えられて家に帰っていった。今ごろ、ふたりで結婚式の計画を立てているのだろう。

「千鶴さん、幸せそうだったなぁ」

ぽわん、とした声になってしまう。

あんなふうにプロポーズされたら女性はたまらないだろうな。

ようやく片づけが終わってお茶を飲んでいる雄也は聞いているのかいないのか、素知らぬ顔。

「でも、失踪したんじゃなくってよかった」

事故とか、まさか自殺まではないだろうけれど、そういうのじゃなくて安心しちゃった。

「お前は本当にお気楽だな」

バカにした言いかたをしてくる雄也をにらんだ。

「なんでよ。幸せになれてよかったじゃん。ほんっとひねくれてるね」

「あきれたな。まだ気づかないのか」

丸イスで長い足を組んで雄也は見てくるので、眉をひそめた。

「気づく、ってなにをよ」

「おかしいところがありすぎるだろ」

雄也の言葉にふと我にかえった。

「考えても見ろ。筋を痛めたくらいで一週間も入院させてなんてもらえないだろ。手術の必要がないなら日帰りが普通だ」

それって……。イヤな予感が浮かんでくる。

「会社の人も、いくら救急車で運ばれたからといって、スマホをほったらかしにはしないだろう？」

「あ！　そういうこと？」

バンとカウンターに両手を当てて半立ちになって雄也を見るが、なにも言わずに私を見ているだけ。

そっか、そういうことだったのか……。

「雄也は千鶴さんがどこにいるか知っていたってこと？　竜太さんに結婚の意思を固めさせるために？」

とぼけた顔をしている雄也に頭がくらくらした。

「ちょっと待って。普通そこまでしないよ。竜太さんがどれだけ心配したかわかっているの？　警察にまで行ったんだよ？」

なに考えているのかわからない。

今思うと、雄也は初めから無関心だった。いつものことだと思っていたけれど、それが作戦だったとしたら……。

「結果オーライだったろ。竜太は結婚を決意したんだから」

「だからって」

たしかに今回の事件がなければふたりはずっと結婚に踏み切らなかったかもしれない。だけど、それって『作られたきっかけ』だもの。

「フェアじゃないよ。雄也が千鶴さんに『しばらく失踪しろ』ってアドバイスしたの？ひょっとして、ここにずっと千鶴さんをかくまってたとか？」

「まったく、お前はあいかわらずの低能だな。俺がそんなめんどくさいことに関わると思っているのか？」

そう言うと、雄也はシンクに湯呑を置いてから続けた。

「全部、千鶴がひとりで考えてやったことだろう」

「え？」

思考がついていかない私に雄也は言う。

「脚本、主演が千鶴だったんだよ」

「……それはないでしょう」

半笑いで言うが、雄也は表情を崩さない。

「千鶴は結婚したかった。だけど、彼氏はあんな感じだ。最初に会った日に言ったとおり、結婚はあきらめかけていたんだろうな。だが、腰を打ったときに竜太が見せた『会議があるのを忘れていた』という素人以下の演技、さらにはお前の結婚についてのバレバレの意思確認。竜太が結婚を意識しだしていることを知った千鶴は、本能のままに行動しただけさ」

あの日の会話でそこまで……？

「だからってこんな大きなこと起こさないでしょ。想像だよ」

「筋を痛めたのは本当だろうな。それを利用してしばらく隠れていたんだ。今日だって、俺が千鶴に会ったのはこの店の前でだ。あいつはスーパーの袋を持って立ってたよ。最後のシーンを演じるために」

背筋になにか冷たいものが走る感覚。

あのやさしそうな千鶴さんがそこまで……。

「その表情。どうせ千鶴が怖い、とか思っているんだろ？」

「べ、べつに」

バレバレのウソに、やはり自分の演技力のなさを実感。

「怖くないさ。千鶴にとっても一世一代《いっせいいちだい》の演技だったわけだし、むしろああでもしないと、竜太は一生自分の本当の気持ちに気づけなかっただろうしな」

「でも、穏やかな人だと思ってたからびっくり」

「本当に手に入れたいもの、守りたいものがあれば人は変わるんだよ。なにもせずに失ってから嘆くくらいなら、行動する。それがわかったから俺も合わせてやったんだ」

きっと、失った穂香さんのことを思っている。だから、瞳に悲しみが浮かんでいるんだ。見つめられていることに気づいたのか、「それに」と、雄也はニヤリと表情を変えた。

「大人になりきれていない竜太に、あれくらいしっかりした千鶴はピッタリだとは思わないか？」

「まぁ、言われてみれば……」

自由な竜太さんに天然な千鶴さんも素敵だと思うけれど、むしろ片方がしっかり者ならもっと安心だ。

「あの竜太の顔を見たろ。あいつは気づいたんだよ、なにが大切なのかを」

クスクス笑った雄也になんだか力が抜けてしまう。

「前は『恋愛なんて錯覚だ』って言ってたくせに」

「そう、錯覚だ。だけど信じていれば形になったりするのかもな」

「恋愛って怖いんだね……」

唇を思わずとがらせてしまうと、雄也は珍しく声に出して笑った。

「そういう物の見方は彼女に失礼だろ。幸せになるには待っているだけじゃダメ、ってことだよ。俺は千鶴の行動力を称《たた》えるけどな」

立ち上がって店の奥に引っこもうとする雄也が振りかえって言った。

「千鶴は幸せを自分の手でつかんだ。それでいいだろう？」

「……うん」

納得できないまま曖昧にうなずくと、

「いろいろお疲れさん」

あっさりと雄也は奥に消えた。

「……お疲れ様です」

残された私は、横にいるナムを見た。

「恋愛って奥が深いんだね……」

ナムはあくびと一緒に、

「なーん」

お気楽に答えてから、また目を閉じた。

少しだけ人生経験が増えたような気分。たとえるならゲームの主人公のレベルがひとつ上がった感じ。

帰り支度をして戸を開けると、まぶしい光が目に飛びこんでくる。

夢から覚めたような気分で、私は夏の町へ足を踏み出した。

雄也の和風アレンジが光る新食感！

やみつき卵浸しパン Recipe4

材料（二人前）

- 食パン……… 厚切り２枚
- 豆乳………… 100cc
- 卵…………… １個
- 青のり……… 適量
- 生クリーム… 10cc
- 米味噌（普通の味噌でも可）
  …………… 20ｇ
- みりん……… 小さじ１
- 白ネギ……… 10ｇ
- 油…………… 少々

作りかた

1. パンの耳を落とし三角形に二等分したら、側面に切りこみを入れる
2. 味噌とみりん、小口切りにした白ネギを混ぜ合わせ、切りこみの中に入れる
3. 豆乳と卵と青のり、生クリームをよく混ぜる
4. ❸の中にパンを入れて５分ほど浸す
5. 油をフライパンに溶かして、浸していたパンを両面焼いて完成

キスの変わり揚げ焼き
〜黒ゴマのヨーグルト味〜

材料（二人前）

- キスのひらき…４匹（１匹約30g）
- 青しそ…………４枚
- 海苔……………４枚
- 人参……………適量
- ヨーグルト……大さじ１
- マヨネーズ……大さじ２
- 黒ゴマ…………大さじ１
- 片栗粉…………適量

作りかた

1. 人参を千切りにし、レンジで加熱する
2. キスのひらきに❶と青しそ、海苔を挟んでつまようじで留めておく
3. 適量の片栗粉をまぶした❷を多めの油で揚げ焼きにする
4. ヨーグルト・マヨネーズ・すった黒ゴマを混ぜ合わせる
5. 皿に盛り付け、❹をかけ、最後にひとつまみ黒ゴマをかけて完成

第五話　さよなら、ならまちはずれの朝ごはん屋

盆地の夏の暑さはすさまじい。
溶けそうにうだるような暑さが連日続いていて、それを身をもって体験していると
ころ。
山に囲まれた土地に熱気が閉じこめられて、このまま永遠に暑いのではないか、と
思うほど。
手葉院の長い階段は、苦行のように体から力を奪ってゆく。
毎日、お店のそばにあるこのお寺に食事を運んでいるけれど、未だにその意味がわ
からない。特にお世話になっているわけでもないのに、なんで和豆のためにこんな苦
労しなくちゃいけないのよ。雄也が仏様を信じているとはとても思えないし、ひょっ
としてふたりはデキているとか？
愛を語り合うふたりを想像して思わず身震い。
ようやく階段を上り終え、短い参道から裏口に足を向けようと思ったときだった。
「あら、そうなの？　イヤだ、うふふ」
野太い、いや、オカマっぽい和豆の笑い声が聞こえて足を止めた。
見ると、裏口からスーツ姿の男性がふたり出てきて、ペコペコ和豆に頭を下げてい
る。
「じゃあ、またお伺いしますので」

年配と思われるスーツの男性がそう言うと、

「本日はありがとうございました」

隣の若手スーツが勢いよく腰を折った。

「いつでも来てくださいな。特に、そっちのアナタ」

クネッと和豆に指をさされたのは、若いほうの男性だった。

「あなたなら、夜に来てくれてもいいのよ。おもてなしするから」

「あ、あははは」

引きつった笑いの男性に和豆が、

「イヤだ、冗談よ冗談。おほほほ」

と、目だけは真剣なままで笑う。絶対に冗談じゃない。

まるでホラーのような光景。

実際、逃げるように早足ですれ違った男性たちの顔は恐怖にゆがんでいた。

私に気づいた和豆が、

「ちょうど良かったわ。お腹がすいたとこよ」

と、ウインクしてくる。

「一般人をからかわないこと」

と忠告してからお盆を渡す。

「あら、聞かれてたの？　でもあの子、おいしそうじゃない？」

舌なめずりをするその姿は、ホラーというより妖怪《ようかい》っぽい。被害者になるかもしれないスーツ姿が階段に消えてゆく。もうここに来てはいけないよ、と心で念を送っておいた。

「誰なの？」

「市役所の人たち。すっごくいい話が現在進行形で進んでいるのよぉ」

興奮しているのかテンションの高い和豆を促して、裏口の中に押しこんだ。外にいるとあっという間に日に焼けてしまいそうだったから。

「で、なんの話だったの？」

いつもの部屋に上がり腰をおろすと、冷たい緑茶を出してくれた和豆が、書類の束を見せてくれた。

「これよ、これ」

横書きの用紙の上部には【ならまち郊外地整備計画について】と記してある。

「整備計画？　え、ここが整備されるの？」

驚いて尋ねると、茶粥を食べながら和豆がうなずく。

「手葉院が建っているこの小さな山はうちの持ち物なのよ。それを平地にして観光客用のショッピングモールにしたいんですって」

「へぇ」

そんな計画があるんだ……。手元の文章には、この山の権利を市に譲渡《じょうと》してほしい、ということが書いてあった。地図が書かれた用紙が二枚目にあって、見るとこの手葉院はけっこう広い敷地であることがわかる。

「このお寺はどうするの？」

「それはね、次のページを見て」

促されるまま三枚目をめくると、パソコンで描かれたと思われるお寺のイラストが現れた。立派な建物の横には『手葉院』と書かれた大きな看板が。山門だって、ずいぶん大きく見える。

「建て直す、ってこと？」

私の質問に、「そうなのよ～」と甲高《かんだか》い声をあげて和豆は喜んでいる。

「しかもね、その場所がすごいの。奈良県庁のすぐ裏側にある土地なの。山の敷地面積の半分にも満たないけれど場所は一等地よ。そこと交換してくれるんですって！」

目をキラキラさせている和豆に疑問を感じた。

「そんなおいしい条件ある？　ひょっとして騙《だま》されてるんじゃないの？」

「やあね。あたしは慎重派《しんちょうは》で有名なのよ。しっかり裏は取ってあるってば」

ふうん、ともう一度イラストを見た。たしかに古すぎるこのお寺は地震でも起きたら一瞬で崩れそうだし。

「でも、宣伝とかあまりしたくない、って言ってなかったっけ？」

「それはここが古いからよ。恥ずかしいじゃない、観光客に笑われるもの。でも、新しい場所なら期待できるわ。なんてったって東大寺のすぐそばなのよ」

そこで言葉を区切ってから和豆は「それに」と続けた。

「外国から来た観光客の殿方《とのがた》と触れ合えるチャンスじゃない！」

ひとりで盛り上がっている和豆は、ガツガツとおかずを口に運びながら言った。

「そっか。じゃあ楽しみだね」

「きっと、これまでがんばってきた私に神様からのご褒美《ほうび》なんだわ。神様、ありがとう」

両手を組んで宙を見上げているけれど、それってキリスト教の祈りのポーズだし。

少し寂しい気もするけれど、この長い階段を上らなくてすむなら私としても反対する理由もないわけで……。

そんなことを考えていると、

「でも、雄ちゃんが首を縦に振らないのよね～」

と、和豆が言ったものだから思考は中断された。

「なんで雄也が関係あるの？」

「だって、雄ちゃんの店がある土地も対象になっているのよ。あそこも、うちの土地なのよ」

さっきの地図のページに戻ると指先で雄也のお店を探す。手葉院のすぐ下にある場所……そこの小さな建物の四角形も赤く塗りつぶされている……。

「ウソでしょう？　雄也の持ち家じゃないの？」

顔を上げる私に和豆は、きょとんとしている。

「あら。知らなかったの？　もともとはそうだったんだけどね、お店を作るために改装するときにうちが買い取ったのよ」

「じゃあ、毎月家賃を払っているんだ……」

てことは、朝食の配達を断る権利は雄也にはないってことか。

「詩織ちゃん、なんにも聞いてないのね。家賃はこれ、よ」

和豆は今まさに自分が食べている朝ごはんを指さしてニッコリ笑った。

「これ？　朝ごはんのこと？」

「そうよ。あたしからのリクエストが毎日ごはんを差し入れてもらうこと、だったの」

うふふ、と笑って和豆が言うから頭はこんがらがるいっぽう。

「お金じゃなくて？」

「あたしにとっては、お金以上の価値なのよ。だって大好きな雄ちゃんの手作りよ。

それにふたりっきりでお話もできるし。……まあ、最近は雄ちゃんじゃなくてあなたが来てばっかりだけど」

不服そうな顔をギロッとにらんでやった。私だって好きで来てるんじゃないのに。

「ということで、このお寺と一緒にあなたたちのお店も移転することになるのよ。楽しみねぇ」

ぽわん、と想像の世界に行ってしまった和豆をよそに、なにも聞かされていなかったことに疑問が残ってしまう。

でも……。新しい場所で新しいお店かあ。

きっと今まで以上に忙しくてたくさんの人が出入りするんだろうな。観光客もたくさん来るだろうから、外国語も覚えないと。

なんだか急に楽しみになってきている私。

いつの間にかごはんを食べ終わっていた和豆が「ごちそうさまでした」と、手を合わせてから言う。

「さ、そういうわけだから一緒にお店に行きましょう」

「お店に？　なんで？」

「雄ちゃんを説得するのよ」

「説得、ってことは雄也は反対してるの？」

私の質問に和豆は顔を思いっきり近づけて言った。

「それを説得するのがあなたの役目よ」

幽霊でも妖怪でもなく、その顔はまるで悪魔《あくま》のように見えた。

店に戻って雄也に『整備計画』のことを尋ねると、あっさりと、

「ああ」

と、認めたから拍子抜けしてしまった。

「どうして相談してくれないのよ」

なんだか疎外感《そがいかん》を感じてしまう。ムダなこととわかっていても抗議してしまう私に、ナムにお昼ごはんをあげていた雄也は眉をひそめた。

「相談する必要なんてないだろ」

「は？　一応、私ここの従業員なんですけど」

「言わなくてもわかってる」

不機嫌になったとき特有のうなり声が始まった。でも、ちょっとくらい相談してくれてもいいのにさ……。厨房に入ってしまった雄也を追いかけながら、なおもぶつぶつ言う私に、

「雄ちゃんの気持ちは変わったかしら？　いい話だと思うのよ」

イスに座った和豆がやさしく尋ねるが、雄也は答えない。

和豆がアイコンタクトのように目くばせをしてくる。

はいはい、わかりましたよ。

「私もそう思う。県庁の裏側っていったら一等地なわけじゃん。お店も新しくなるし、反対する理由はないでしょ？」

階段も上らなくてすむわけだし、という意見は置いておくとしよう。

雄也がトウモロコシの皮を剥《む》きだした。

まるで私たちの存在などないかのように完全無視状態。

「雄ちゃん、あたしだって手葉院にはそれなりに思い入れがあるのよ。でも、新しい場所に移ればこれまで以上にきちんとお客さんも呼べるようになると思うの」

無視は続くが、めげずに和豆は笑顔のまま。

「もちろんこれまで同様に、家賃は朝ごはんの差し入れで十分よ」

無視はまだ続く。

さすがに困った顔になった和豆が、今度は私をにらんできた。どうにかしろ、って脅しているのがわかる。

「ねぇ雄也。和豆が困ってるじゃない。ちゃんと話をしてよ」

すると、雄也はまとめてトウモロコシの皮をゴミ箱に捨てると、

「話はこの間しただろうが。俺はここから動く気はない」

と、低音ではっきりと言った。

「でも、この土地は和豆のものなんでしょう？」

「そんなのはわかっている。だから、ここを売るなり焼くなり好きにすればいい、と言ったはずだ」

そう言うと、雄也は乱暴に戸を引いて奥に引っこんでしまった。

――ドンッ。

と、大きな音がして閉まる戸を呆然と見送った。

「……ウソ。今、ここを売る、って言った？　要するに、店をたたむってこと？」

「そうなるわね」

はぁ、とため息をついた和豆を見て、もう一度奥を見た。エサ置き場から厨房を覗いてくるナムと目が合う。

「てことは……。私……また無職になるの？」

誰に話していいのかわからずに、ナムに向かってなぜか私は尋ねていた。

ナムはまるで意味がわかっているかのように、

「なん」

と、短く答えた。

翌日の昼過ぎ。

買い物帰りに猿沢池でぼんやりとベンチに座っている私。

今日もすごい人出でにぎわっているけれど、スーパーの袋を持って悶々《もんもん》としている人なんて私くらいのものだろう。

「困ったな……」

昨日からずっと考えていて気がついた。私の憂鬱《ゆううつ》の原因は、無職になるってこともあるけれど、なにより雄也が私に相談してくれなかったこと、それがショックだった。この四カ月で、自分で言うのもなんだけど、無口な雄也にもそれなりに信用されているような気がしていた。少しは心を許してくれていると思っていた。

だけど、違ったんだね。

結局私はただの従業員。雄也にとっては相談する義理もなく、閉店することすら事後報告……いや、報告する気もなかったのかもしれない。

「それってひどいよね」

ひとり言をつぶやいていると、

「あら。また会ったな」

園子ちゃんの声がした。

「うわ。どうしたの、その格好」

驚いて声を出したのは他でもない。いつも派手な服の園子ちゃんが、今日は浴衣《ゆかた》に身を包んでいたからだ。ひまわり柄の浴衣姿に和紙で作られた日傘をさしている。メイクはこれまで通り乗せまくりだけれど、和装は見たことがなかった。

「ああ、これ？」

少し照れたように園子ちゃんは自分の浴衣を見おろした。

「今日から『燈花会《とうかえ》』が始まるからな」

「燈花会？」

なにそれ？　という私の表情を確認して園子ちゃんは笑った。

「そっか、奈良の夏は初めてやもんなぁ。燈花会、ってのは今日からお盆の十五日まで毎晩この辺りでおこなわれるイベントのことや。赤いシャツを着た担当の人がさっきから準備してるで」

「へぇ、お祭りみたいなものですか？」

浴衣で参加することといって思い浮かぶのは、夏祭りとか盆踊りくらい。

「もっと大人なイベントや。磨《す》りガラス風のコップの中にろうそくを灯《とも》してな、夜に道の端や公園に置くねん。想像してみ？　この辺りがろうそくの灯りでいっぱいになるんや。めっちゃ綺麗やで」

「へぇ……。それ、見てみたいな」

夜の奈良がきっと違ったように見えるんだろうな。

「ここの猿沢池はもちろん、興福寺や東大寺、春日大社《かすがたいしゃ》にいたるまでこの辺り全体が幻想的な光に包まれるんや。その数、なんと二万個。詩織ちゃんも雄ちゃんに連れていってもらうとええわ」

最後の言葉に表情が固まる。そうだった……私は今、絶賛憂鬱中だった。

「なんや、またケンカでもしたんか？」

意地悪く顔を覗きこんでくる園子ちゃんに、

「実は……」

私は憂鬱の理由を園子ちゃんに話した。

店がなくなることを知らなかった園子ちゃんは、周りに響き渡るくらいの大声を出して驚いていたけれど、話を聞き終わった彼女が言った言葉は、

「まぁ、しゃあないな」

だった。

てっきり一緒に怒ってくれると思っていた私にとって、それは予想外の反応だった。

納得できない顔をしている私を見た園子ちゃんは、「まあ」と言葉を続けた。

「詩織ちゃんの怒る気持ちもわかるけどな、雄ちゃんはそんな薄情やないって。詩織ちゃんのことも考えてくれてるはずや」

そんなこと言われたって信用できない。

だって、現に今日尋ねなかったら閉店の日にいきなり、『今日でクビ』って言いそうな感じだったし。

「あのな……」

そう言った園子ちゃんが池を見やった。

「雄ちゃんはあのお店を本当に大切にしてるんやと思うわ」

「でも、新しいお店に行けばもっと繁盛《はんじょう》して――」

「そんなこと望んでへん。商売として儲《もう》けようとしてるんやったら、ならまちのはずれでなんてお店を開かへん」

ふう、と艶《つや》のある息を吐いて園子ちゃんは私を見る。

「雄ちゃんはあそこで穂香ちゃんを待っているんや」

「あ……」

そうだった。この間、そんなことを言っていたはず。移転の騒動ですっかり頭から抜けてしまっていた。

「穂香ちゃんがいつ戻って来てもええように、あの場所でずっとやりたいんや。店の場所が変わってしもうたら、穂香ちゃんと永遠に会えなくなる、って思ってるんちゃうかな」

やさしい言いかたが、雄也を見守っているように感じた。

ああ、私は自分のことばかり……。

「それにしたって、相談くらいはするべきや。それに、常連であるうちらにもひと言もないのはあかんな」

うつむいてしまう私を擁護《ようご》してくれながらも、だけど、『許せ』と彼女は言っているように思えた。

それができるかどうか、まだ私にはわからなかった。


お店がなくなるかもしれない。

そのことがわかって以来、なんだか落ち着かない日々が続く。

雄也はあれ以来、その話は避けているよう。いや、もともと口数も少ないから私が尋ねなければなにも話さない人だし、彼は普段と変わりがない。

意識しているのは私のほう。

八月八日というゾロ目の今日も、特にそれに言及することもなく、必要最低限の会話しかないままピーク時間は終わった。

日課である手葉院へのお届け物。最近はため息と一緒に運んでいるわけで。

「和豆——!」

『さん』をつけることもなくなっているこのごろ。

なぜか和豆の姿が裏口に見えない。いつもごはんを楽しみにしているのにおかしい。

と、奥から、ズル……ズル……と音が聞こえてくる。布が床をこするような音。

「わ、和豆?」

廊下《ろうか》の向こうを見るけれど薄暗くてよく見えない。

「詩織ちゃん……」

この声は間違いなく和豆だ。ようやく姿を見せた彼を見て驚く。

「ちょ、どうしたの!?」

這《は》いつくばるようにしてこっちにゆっくり向かっているのだ。いつもの作務衣じゃなく、ピンクのハートが無数に描かれたパジャマ姿だ。

ようやくそばまで来ると、和豆は私の手をつかんですがるように言った。

「……助けて」

「具合悪いの?　風邪《かぜ》?」

見ると小刻みに震えていて、なんとか上がり框に座るが顔色もすごく悪い。

だけど、首を振って和豆は否定する。

「じゃあどうしたの?　お腹痛いの?」

それでも何度も首を横に振り続ける彼に、せっかちの私はしびれを切らす。

「はっきり言ってよ。わかりにくい」

「なによ、少しくらいやさしくしてくれてもいいじゃないのよ」

「だから聞いてるでしょ。どうしたの、って」

そのときだった。風が入口の戸をバタンと揺らしたかと思うと、

「ぎゃあああああ！」

すぐ隣で大音量で叫ぶ和豆。

「やめてよ！　鼓膜《こまく》が破《やぶ》けるかと思ったでしょ」

耳を押さえて和豆を見ると、体を小さくしてさっきよりも大きく震えている。

「ちょっと、どうしたのよ……？」

尋常《じんじょう》じゃない反応に尋ねると、歯をガチガチと震わせながら和豆は、

「……出たのよ」

と、小声で言った。

「出た？」

ゆっくり視線を合わせてから和豆はうなずいた。

「そう、出たのよ……。幽霊が」

幽霊みたいな顔で言う彼に、私は開いた口がしまらないまま固まった。

あれから叫んでばかりの和豆は、私が帰ることを許さなかった。

「あたしが霊に殺されてもいい、ってこと!?」

涙まで流して言う和豆は、私に雄也を呼ぶように指示すると、この部屋に逃げこんでしまったのだ。

スマホでお店に電話をして、渋る雄也がようやくここに来たのはそれから数時間後のこと。

「幽霊なんているわけないだろ」

アホか、という顔で言う雄也の反応は予想通りだった。

「だってぇ……見たんだもの」

いつもと違って気弱に言う和豆はまだパジャマ姿だ。ここは和豆の寝室らしい。今、彼は薄い夏布団にくるまってそこから顔だけ出している。

「住職がなに言っているんだか」

雄也の反応には私も同意せざるをえない。

「もちろん幽霊なんて見慣れてるわよ。だけど、人の形をしていない霊は苦手なの！得体のしれないものがフワフワ飛んでいるのよ。ああ恐ろしい！」

「得体のしれないものって？」

一応聞いてみる、という体《てい》の雄也に興味がないのは伝わってくる。

和豆はごくりと唾を飲みこむと、静かな声で話しだす。

「あれは……たしか日付が変わったころよ。夏というのにどこか涼しい夜だったわ」

「テレビ番組のナレーションかよ。普通に言え」

「なによ、ほんと冷たいんだから……」

ふてくされたような和豆の横には、空になった食器が。どんなに怖くても食欲はあるらしい。

「あたしね、おトイレに行ったの。あ、小さいほうよ。けして大きなほうじゃないの」

「どうでもいい。続けろ」

「もう……。それでね、廊下を歩いていたの。寝ぼけ眼《まなこ》でふと、気づいたの。『あれ?なんだか空が明るいわ』って」

和豆がさしたのは、すぐ前にある廊下。外に面していて、大きなガラス戸の向こうには庭がある。さらにその向こう側には興福寺や遠くに東大寺が見えている。

「月の明かりかと思ったの。だけど、色が違った。なんていうか、カラフルだったのよね。恐る恐る庭のほうをちゃんと見たの。そしたら……」

言葉を区切った和豆が光景を思い出したのか、

「雄ちゃああん」

布団から出て抱きつこうとするのを雄也に片手でツルツルの頭を押さえられている。

「なにを見たのよ」

本当に怖がっているのか、と疑問に思いながら私もあきれた声で尋ねた。

「……火の玉よ」

自然に私と雄也は目を見合わせていた。

「なんだそれ」

鼻白《はなじろ》んだ声で答える雄也。その反応が気に入らなかったみたいで和豆は、

「だってたくさんの火の玉よ。赤とか黄色とかの炎《ほのお》が行ったり来たりしてたの。フワフワと踊っているみたいに。それが朝まで続くの。布団をかぶってもすぐ近くで飛んでいるくらいに動く炎がわかったのよ」

と、体を震わせた。

「なにかされたのですか？　憑《と》りつこうとされた、とか？」

私が尋ねると、和豆は首を振った。

「それはないけど、でも怖いじゃない。ここに来て以来、こんなことなかったのよ。父親がよく言ってたのよ、人の形をした霊よりも火の玉のほうが怨念《おんねん》が強い、って！お願い、助けてよ！」

懇願《こんがん》する和豆は雄也に言っても仕方がないとわかっているらしく、私の顔をじっと見てくる。

「私は無理」

即座に否定した。

「ひどいじゃないの！　あたしが殺されても平気ってわけ」

涙まで流して訴える和豆に困って雄也を見た。彼なら『余計なことはするな』って助けてくれるはずだから。

なのに、隣であぐらをかいている表情を見てイヤな予感。

なぜか雄也がうっすらと笑っていたからだ。

「いいじゃないか。詩織、助けてやれ」

「は？」

「もうすぐ手葉院ともお別れだ。最後の恩返しも悪くない。お前、今夜はここに泊まれ」

ぽかん、として雄也の言葉の意味を考える。なにを言ってるの？

「あの、雄也？」

「明日はゆっくり出勤すればいいから」

そう言って立ち上がった雄也は、

「じゃ、これで」

と、去ろうとするから私の怒りは瞬間で爆発する。

「冗談じゃない！　雄也、無責任すぎるよ」

同じように立ち上がって叫んだ。

「なんで？」

あっさりと言う雄也は本当に意味がわかっていないように首をかしげる。

ムカムカは度を超え、灼熱《しゃくねつ》の怒りに変わる。

「普段は私の行動にいちいち反対するくせに！　もうお店が終わりだからどうでもいい、ってわけ？　見損《みそこ》なったよ！」

「は？　そんなこと俺は――」

「いつだってそうじゃん。私は雄也に助けてもらって感謝してるんだよ。なのに、そっけない態度ばかり。お店がなくなることもひと言だって教えてくれなかったよね？

私のことなんて考えてくれてないってことだよね!?」

ああ、ダメだ。ケンカするときの大原則である『今のことだけを怒る』を守れていない。過去のことを持ち出しては話がややこしくなるから、今怒っていることだけを伝えるべきなのに……。

「いい加減にしろ、アホらしい」

案の定、雄也は背を向けて部屋から出ていこうとする。

その足をガシッと両腕でつかんだのは、和豆だった。

「なっ……。離せよ」

「離さないわ。離さないわよ」

体ごと雄也の足にしがみつくようにしている。筋肉だらけの体にからみつかれては雄也も動けない。

「お前、怖いぞ」

「そう、あたしは怖い女よ。雄ちゃん、あなたも泊まるのよ」

ふふふ、と笑い声を含ませて言う和豆に私もゾッとした。だいたい、女性じゃないのに。

「なんで俺まで泊まらなきゃならないんだ」

「だって、あたしが詩織ちゃんに襲われたらどうするのよ」

襲うわけないでしょ、と口にしたかったが、今は黙っているときだと私でもわかる状況。ふんふん、とうなずいてまでみせた。

和豆は雄也を無理やり座らせる、というか、押し倒すと、

「だいたいお宅の従業員でしょう？　管理者として最後まで見守りなさいよ」

と、顔を近づけた。

「……意味がわからん」

ぼやく雄也だったけれど、もう抵抗する気はないみたいでその場で天を仰いだ。

「と、いうことで今夜は三人でお泊まり会よ」

ぱちん、と手を合わせた和豆にさっきまでの恐怖はなく、むしろ楽しそうに見えたのは私の気のせいだと信じたい。


さっきから私と雄也の間に会話はなかった。

いつもなら平気な沈黙の時間も、今日は落ち着かない。

夜になり、夕食を済ませてからはすることもなく和室でゴロゴロしている私たち。

「ここにいるときくらいは、こういう食事を食べなきゃね」と、張り切って和豆が作ったのは精進《しょうじん》料理だった。肉も魚も載っていない野菜ばかりの夕食は、なんだか心を清くしているような感覚になるから不思議。

さすが女性の心を持っているだけあって、和豆の料理もなかなかのものだった。

時刻は八時半。

「……まったく」

ようやく雄也が言葉を発した。

「こいつ、本当に怖がっているのか?」

雄也が言うのも無理はない。指さす場所には和豆が大の字になって眠っていたからだ。大いびきまでかいて熟睡状態。

「昨日眠れなかったんでしょう。私たちがいるから安心してるんだよ」

「そういうふうには見えないけどな」

あくびをした雄也が障子《しょうじ》を開けると、窓辺に立った。

視界の端に月の明かりではない、光が見えたような気がして視線を和豆に戻して尋ねる。

「ね……火の玉が飛んでたりする？」

「いや」

「そっか」

「代わりに綺麗なものが見えるぞ。こっち来てみろ」

手招きする雄也につられて窓のほうへ行くと、遠くの町並みに無数の光がほのかに見えた。

「うわ。なにこれ」

蛍《ほたる》の光のようなオレンジ色の海が奈良公園のあたりに広がっている。

「燈花会だ」

「あ、あれがそうなんだ？　ほんと、すごい数のろうそくなんだねぇ」

ガラスに雄也の顔が映っている。

やさしくほほ笑んでいる顔から目が離せなかった。

「燈花会は一九九九年に始まった新しいイベントだけど、古都奈良らしい催《もよお》しだよな」

ガラスに映った雄也と目が合ったかと思うと、彼は言った。

「今から見に行ってみるか？」

「え？」

「見たことないんだろう？　たった十日間しかないイベントだ。案内してやろう」

雄也がやさしいのはなぜ？　最後の思い出づくりのため？

それでも——断る理由はひとつもなかった。


その情景を見た瞬間、言葉が出なかった。

今、目の前に広がっている景色は、どんな言葉を使ってもうまく表現することはできない、と知った。

「綺麗だろ？」

圧倒されている私の顔を覗きこみながら、雄也が言う。たくさんの磨りガラス風のコップに入れられたろうそくが揺れている。数えきれないそれは、遠くで見たときよりも明るさを増し、大きくなったり小さくなったりする炎は波のごとくさざめいていた。

興福寺横の奈良公園の敷地のいたるところに置かれている灯りは、見物する人みんなを笑顔にしているよう。

「春日野園地《かすがのえんち》に行くともっとすごい数のろうそくが見られるぞ」

横顔の雄也の顔が、ほんのりと照らされている。向こうには屋台が並んでいるらしく、そこに向かって人々は歩みを進めているようだ。

「みんなの祈りをろうそくで表しているんだ」

隣を歩く雄也の声もやさしく聞こえる。

「鹿にとっては危険じゃないの？　火傷《やけど》とかしない？」

この辺りは昼間はたくさんの鹿がいる。観光客からもらえる『鹿せんべい』を持っている人は、鹿たちのアイドルになれる。

「お前は知らないのか？　奈良にいる鹿は、全部野生《やせい》の鹿だぞ」

「へ？　奈良県が飼っているんじゃなくて？」

「鹿は山に住んでいるんだ。朝になるとエサ目当てに山からおりてきて、夜になるとまた家に戻るんだ」

雄也が指でさしているのは若草山《わかくさやま》の辺りだった。

へぇ……。野生の鹿だなんて知らなかった。

「燈花会の間はエサをもらえるチャンスも多いから居座る鹿も多いけど、火には近づかないから安心しろ」

「うん」

それからしばらく私たちは黙って歩いた。不思議と、気まずくはなかった。ろうそくの炎は、時間をやさしく変える効果でもあるみたい。頼りなく揺れている炎は、ひとりひとりの願いのはかなさを表しているよう。だけど、たくさんの小さな願いが集まれば、それは大きな祈りに変わってゆく。

初めて奈良に来た三月末を思い出す。

四月になり、傷ついた私を雄也が拾ってくれたんだよね。それから、お店で働き始めて、気がつけばもうすぐお盆。

時間の流れは、学生時代よりもずっと早く感じる。それくらい充実していた日々が遠い昔に感じた。

だけど、それももうすぐ終わってしまうんだ……。

ろうそくの灯りがぼやけて見えたときには、泣いていた。

雄也に気づかれないように鼻をすすると、あくびをしてごまかす私。

以前は、どんなことがあっても泣くことなんてなかったのに。

私も、歳をとったってことなのかな。

「詩織」

奈良公園のはずれで、隣の雄也が足を止めた。

「ん？」

振り向くこともできず、声だけで聞きかえすと、雄也は言った。

「俺は不器用だ」

と、言った。

「知ってるよ」

「昔っから人と話すのは苦手だったが、穂香がいなくなってからいっそうひどくなった」

胸が痛くなる。雄也が自分自身のことを自ら話すのは初めてかもしれない。そう思うと、やがてくるお店の終わりを感じた。

最後だから、話をしてくれるんだと思った。

「そう……」

涙がまたあふれてきそうになるから、空を見た。光の海から見上げる空は、ろうそくの光に負けて、わずかな星の光しか見えない。

「伝えるべきことがなんなのか。どこまで相手に言っていいのかもわからなくなった。俺の中のものさしは、狂ってしまったんだろうな」

「うん」

声の震えをバレないようにするのが必死だった。

お店が終わることが悲しいんじゃない、と今気づいた。

雄也だけじゃない、和豆や園子ちゃん、そして常連のお客さんたちに会えなくなるのが悲しいんだ。

せっかく出逢えた大切な仲間たち。願いが叶うなら、お願い、まだ終わらないで。

「あの店は区画整理でもうすぐ閉店する」

判決が雄也の口から告げられた。

思った以上の衝撃に目を閉じた。私は耐えられるのだろうか、この痛みに。

どんなことが起きても平気だ、って思っていた昔。それは、せまい世界での強がりだった。

だって、今、こんなにも動揺しているよ。

「そう……なん、だね」

ぼとぼとと落ちる涙がろうそくに落ちないよう、手の甲《こう》でぬぐった。

受け入れろ、と自分に命令する。

必死で言い聞かせる。

すう、と雄也の息を吸う音が耳に届いたのはそのときだった。

「次の店は、今より少し広いから」

「え？」

振り向くと、たくさんの灯りの中で雄也はやさしくほほ笑んでいる。

「引っ越しは大変だから手伝ってくれよな」

「……だって、新しい手葉院のところには行かないんでしょう？」

「ああ。あの場所を離れたくないんだ」

「だったら」

言いかけた言葉を雄也は手のひらで制した。

「俺はバカだと自分でもわかっている。穂香はもう戻らないことも、心のどこかでは覚悟している。それくらいのことをしてしまったのだから」

本当に悲しいのに笑っている雄也に、私の顔はゆがむ一方。

「でも、待っていたいんだ。ならまちはずれ、を離れることはできない。だから、二軒隣の家を借りることにした」

「……へ？」

素っ頓狂な声を出してしまった。二軒隣？

たしかに誰も住んでいなさそうな古い家があったけれど……。

「言う必要もない、って勝手に思っていた。店は継続するのだから。だけど、それは俺の傲慢《ごうまん》だったのかもしれない」

たくさんの灯りは、時間だけでなく人の心をもやさしくするのかもしれない。

今、雄也が口にしていることは心からの言葉だ、と思った。

雄也を信じられなかったのは私だ。お店を継続させる計画をちゃんと雄也は立ててくれていたのに、勝手に早とちりをして……。

「うう」

うめくような声を出した私に、

「おい、泣くなよ」

雄也の声が聞こえたけれど、ダメだった。自分が恥ずかしくてたまらなかった。どんどんこぼれる涙を両手で覆って隠す。

「私、私こそ、ごべんばざい……」

言葉にならないまま嗚咽とともに吐き出す。

そばを歩く人が私の顔を見て、ヒソヒソとなにか言っていても関係なかった。

雄也はやさしい人。

私を助けてくれた人。

そんな人を疑った自分が情けなくて消えてしまいたかった。

「泣くな、ってば」

その声と同時に、私の視界は真っ暗になった。気づくと雄也が私を抱きしめていたのだ。彼の体温が作務衣ごしに伝わってくる。なんてやさしくて温かいの。

「他意はないから気にするなよ。隠しているだけだから」

なんて言ってくる雄也に、

「わかってる」

うなずく私。

不思議だった。

こんなに落ち着いた気持ちになったのは、生まれて初めてのことだった。そうしてから気づいた。もう、あの店が私の居場所なんだって。

肩ごしに見えるたくさんのろうそくに、心の中でつぶやく。『ありがとう』と。

「……おい」

雄也の声がした。

「ん？」

「大変だ……」

「は？」

顔を上げると、すぐそばにある雄也の顔は遠くを見ていた。

つられるようにそっちを見ると、真っ暗な小山のシルエットが見えた。あそこは和豆がいる手葉院。

そこに色とりどりの花火が……。違う、花火じゃない。うっすらと赤や黄色の光が動いているように見えた。

「まさか……火の玉？」

「やばいぞ、あれは」

手葉院を取り囲むようにうごめいている色たちの異様さに、私たちはどちらからともなく強く抱きしめ合った。


必死で手葉院の階段を史上最高の速さで上り切った私たちは、裏口から中へ飛びこんだ。

「助けてぇぇぇ！」

やはり起きてしまったらしく、和豆の裏声が響き渡っている。

「和豆！」

走りながら叫ぶ雄也の声に、

「雄ちゃん！　ぎょえええええ」

絶叫で答える和豆。和室に飛びこむと、長ほうきを手にした和豆がそれを必死で振り回していた。

窓ガラスの向こうにあるそれを見て、私は息を呑んだ。

炎をまとった丸いものが、ゆっくりと宙を泳いでいたのだ。

「火の玉だ……」

「だから言ってるじゃないのよ！　あんたたちぃ、あたしを残してどこ行ってたのよ！」

標的《ひょうてき》が変わりそうなので、

「そんなことよりどうしよう」

雄也を見ると、難しい顔をして考えこんでいる。

「雄ちゃん！」

和豆の声に雄也はようやく顔を上げた。

「鬼火《おにび》は良くないな」

「鬼火って？」

私が尋ねると、雄也は腕を組んだ。

「鬼火というのは、火の玉の別名だ。人魂《ひとだま》とも言うが、どちらにしてもこれだけの数があるのは良くなさそうだ」

「だから前からあたしが言ってたじゃないの！　それよりどうすればいいのよ！」

うわああ、と叫ぶ和豆は冷静さを失いすっかり取り乱していた。

「なんで急に現れたんだろうな」

窓ガラスに近づいて、つぶやく雄也の腕をとっさにつかんだ。

「ちょ、危ないよ」

「危なくないさ。俺たちはなんにもしてないだろう?」

その言葉に和豆の顔が青ざめた。

「待ってよ!　それじゃあまるで私がなにかしたみたいじゃないのよ」

答えない雄也がじっと和豆の顔を振りかえった。

ハッと和豆の顔が変わった。

「そうなの……?　あたしがここを離れるから、それをこの火の玉は非難しているの?」

「俺は知らん」

そっけなく言う雄也に、和豆は腰が砕けたようにその場に座りこんでしまう。

展開についていけない私は、まだ飛んでいるいろんな色の炎を夢のように眺めた。

言われてみれば、それらは幻想的で、特に悪意らしきものも感じない。

それからしばらくして、火の玉は、闇《やみ》に溶けるように消えてしまった。

「お店を辞めるのをやめた?　なんやそれ」

カウンターの園子ちゃんが首をかしげるので、私はうなずいた。

「このままこのお店は継続する、ってことです」

あれから一週間が過ぎ、今日は八月十五日。世間でいうお盆にあたる日。時刻は夜の七時を過ぎたところ。園子ちゃんのお店はお盆休みらしい。

「そっか。なんや、心配して損したわ。じゃあ、手葉院もそのままかいな？」

ふう、と赤いワンピースの園子ちゃんは胸をなでおろした。

げっそりとやつれた和豆が隣でふてくされている。

「だって仕方ないじゃないの。あたしだって霊に恨まれてまで移転したくないわよ。残念だけどハッキリと断ってやったわ」

「強制執行《しっこう》とかされへんの？」

それは私も気になっていたことだ。よくそういう話を耳にするから。

だけど、和豆は平気な顔をしている。

「例の市役所のふたりと、その上司を昨夜うちに呼んだの。その場で障子を開けて火の玉を見せてやったわ。震えあがって逃げていったわよ」

「すごい……」

思わず出た感嘆の声に、和豆はまんざらでもない様子で、

「あの子たちもいい仕事してくれたわよ。昨夜はこれまで以上に飛び回っていたもの」

と、すっかり慣れてしまったらしく、ペットみたいに言っている。

「ってことで、詩織ちゃん。これからも食事を運んでね」

「……はい」

すっかり忘れていた。

だけど、みんなとこれからも一緒にいられるなら全然平気。

「遅くなってごめん～」

戸が開くと、夏芽ちゃんが飛びこんできた。

「遅いやないの」

園子ちゃんの声に、

「お盆なのに部活あるなんて最悪」

と、日焼けした真っ黒な顔で笑いながらイスに座った。常連さんはみんなこの辺りのご近所さんで顔見知りだ。

「あれ？　竜太さんたちは？」

今日は、常連さんたちで燈花会を見に行くようだ。不思議そうな顔で尋ねる夏芽ちゃんに私が答える。

「結婚式の打ち合わせが長引いているようです。現地に直接行くとのことです」

「そうなんだ。あー、お腹すいた！」

みんなの視線が雄也に集まる。隣で手際良く料理をしている雄也の横顔を見て、私の顔は自然にほほ笑んでいた。

ああ、私、やっぱりこの店が好きなんだな、と最近は毎日のように感じている。

「用意して」

「はい」

雄也の合図にも笑顔で応えられる私になれた。

熱々の湯気が出たお盆をそれぞれの前に置くと、誰からともなく歓声《かんせい》があがった。

「なに、これ。すごい料理の数やん」

園子ちゃんの驚きは無理もない。小皿に載せられた数々の料理。

『湯葉《ゆば》の梅しそ巻き』にはじまり『花みょうがの天ぷら』、すべて雄也が朝から厨房にこもって作ったものだった。

「なぁ、お吸い物に入ってるのって、白玉《しらたま》？」

園子ちゃんの質問に私はうなずいた。

「そうなんです。お盆には白玉を食べる風習があるようですよ」

雄也から教えてもらうことはひとつひとつ、こうして私の知識になってゆく。

「今日はお盆だから精進料理だ。朝ごはんではないが、一応温かいもので揃えておいた」

「ほんとだね。精進料理って冷たい食べ物ってイメージだったけれど、どれもすごくおいしそう」

　夏芽ちゃんが大きく香りを吸いこんでいる。

「ちょっと、この飛竜頭《ひりょうず》のおいしいこと！」

目を丸くした和豆が、『飛竜頭のだし煮』を食べて悲鳴にも似た声をあげた。

「あたりまえだ」

　そう言う雄也に私も同意する。

「そう、あたりまえです」

「なんやの、あんたら」

　苦笑した園子ちゃんも、ひと口食べてみてそのおいしさがわかったのか感嘆のため息をこぼしている。

「飛竜頭、ってこれ？」

　和豆の視線にロックオンされている皿を見て夏芽ちゃんが尋ねると、園子ちゃんは眉をひそめた。

「なんや夏芽ちゃん、飛竜頭も知らんのかいな」

「うん」

「世代の差を思い知らされるわ」

　嘆く園子ちゃんに苦笑した雄也。

「一般的には『がんもどき』と呼ばれることもあるが、精進料理に使われる際は、古来から伝わるこの名前になるんだ」

「へぇ。おもしろい名前だね」

湯気の向こうで目を輝かせて言う夏芽ちゃんが、ふと空席に置かれた食事に気づいた。

「あれ、ひとつ多いけど？」

疑問もそのはず。ここには見た限り、三人のお客さんしかいない。だけど、そこに彼女はきっと座っているはず。

「それは、友季子さんのぶんです」

私の言葉に、

「友季子さん？」

事情を知らない夏芽ちゃんは眉をひそめた。

雄也はお盆を見てやさしくほほ笑んだ。

「ああ。今日は友季子も帰ってきているだろうからな」

そう言うと、

「お帰り、友季子ちゃん」

和豆も言った。

「お帰りなさい。友季子さん」

私も、彼女の笑顔を思い出して挨拶をした。

食べ始めたみんなをたくさんの湯気が包んでいる。

なんだか……。

みんながこのお店に集まって温かい料理を食べていることが、奇跡のように思えた。

笑顔がたくさんここにはあって、食べていない私まで温かい気持ちになる。

うれしくて泣きそうになるなんて初めてのことだった。


燈花会は今日までらしく、みんなが最後の見学に行ってしまってから、店は静けさに包まれた。

こういう沈黙の時間も、落ち着きを感じている自分がいる。

「お前も行けばよかったのに」

最後の皿を拭きあげていると雄也が丸イスに座って言った。

「この間見たし、もう十分だよ」

「まあ、そうだな。毎年、イヤでも見ることになるしな」

ふう、と息をついた雄也が、

「ほら」

と、お茶を入れてくれた。

「ありがとう」

カウンターに座って雄也と向かい合った。

「なん」

鳴き声に足元を見ると、ナムが私を見上げていた。

「ナムはごはん食べたかな?」

そう尋ねると、するりと私の膝に飛び乗ってきたから驚いてしまう。

「お前もようやく認めてもらえたみたいだな」

ふっ、と笑った雄也を見て、それからナムを見る。そっと頭をなでると気持ちよさげに喉を鳴らした。

「うれしいな」

「ふ。安上がりなやつ」

鼻で笑う雄也が真っ暗な窓の外を見た。

「よかったね。手葉院もそのままだし、これで全部解決だね」

「ああ、そうだな」

雄也は立ち上がって店の戸に向かう。

戸の外に出た雄也が、

「こっち来てみ」

と、手招きをしたので行ってみる。

蒸し暑い奈良の夜。

「ほら、手葉院を見てみろ」

「ん？」

真っ暗な階段を見て、それから視線を上に向けると……。

「げ」

黒い小山の上に、いくつかの火の玉が浮かんでいるのが見えた。

「お盆の奈良にはこういうことも起きるさ。火の玉は、祈りのある場所に現れやすい、という迷信がある。つまり、和豆を恨んで出てきたわけじゃなくて、燈花会が始まったせいだろうな」

「そっか……。燈花会は祈りを表しているって言ってたもんね」

もう不思議な出来事を自然に受け入れられる私がいる。友季子さんだって見えたくらいだもんね。

静かに動く光を見ていると、

「これが奈良だ」

やさしい目で見つめる雄也を見て私もうなずく。

ここに来てからのことを思い出す。

たった数カ月でこれだけの経験をしたんだから、これからもきっといろいろあるだろう。そのたびに悩んだり、迷ったりもすると思う。

だけど、それを楽しみにしている自分がいる。

「奈良っていい所だね」

「今さら気づいたのか？」

「うん」

笑顔で言ってから、もう一度山の上を見た。

雲ひとつない空に輝く月が、この町に光を降り注いでいる。

「せっかくだしさ、やっぱり燈花会を見に行こうよ」

気が変わってねだる私に、雄也は顔をしかめた。

「さっき断ったばっかだろうが」

「いいじゃん。雄也の言う『これが奈良だ』を、もう一回見たくなったの」

腕を引っ張って誘う私に、雄也はあきれたように、

「まったく」

と、つぶやきながらも笑顔を見せてくれる。

ここは、『ならまちはずれの朝ごはん屋』。

明日からも、たくさんのお客さんが訪れるだろう。

様々な人生を背負った人たちが、温かい料理で少しでも元気に〝新しい一日〟を過ごせますように。

そう、願った。

完

Recipe6

手ごね飛竜頭《ひりょうず》のだし煮

材料（四人前）

- 乾燥しいたけ…5ｇ
- 木綿豆腐………1丁
- 人参……………3分の1本
- しょうが………5ｇ
- さやいんげん…2本
- 卵………………1個
- 片栗粉…………大さじ3
- 粉末だし………大さじ1
- 醤油……………大さじ1
- みりん…………こさじ1
- 塩………………ひとつまみ

【だし汁】
- 水………………300cc
- 粉末だし………小さじ2
- 醤油……………小さじ1
- しょうが………3ｇ
- みりん…………小さじ1
- 片栗粉…………適量

作りかた

1. 乾燥しいたけを水で戻し、水分を切っておく
2. 豆腐は重しを乗せ、しっかりと水切りする
3. しいたけ、人参、しょうがを千切りにし、さやいんげんは1cmに切る
4. 豆腐をすりつぶし、そこに❸と卵、片栗粉、だし、醤油、みりん、塩を加えてよく混ぜ合わせる
5. 円形に丸め、180℃の油できつね色になるまで揚げる
6. 【だし汁】の材料のしょうが、片栗粉以外を鍋で温め、しょうがをすりおろす
7. 片栗粉でとろみをつけたら、盛り付けた❺にかけて完成

あとがき

みなさまこんにちは、いぬじゅんです。

今回は、『奈良まちはじまり朝ごはん』をお読みくださり、本当にありがとうございます。

タイトルどおり、この物語は奈良の『ならまち』という実在する場所の片隅にある『朝ごはん屋』が舞台です。現在は静岡県浜松市《しずおかけんはままつし》に住んでいる私ですが、実は実家は奈良県です。

作中に出てくる地名は実在のものが多く、猿沢池から続く細道には昔の町並みが今も残っていますが、子供のころはほとんど行ったことがない場所でした。

しかし、大人になるにつれてだんだんと奈良のお寺や町並みのすばらしさ、人のやさしさが身に染みてわかるようになってきました。

そこで、そんな心やさしい人たちが織りなす物語を描きたい、と思い、この作品を書かせていただいたわけです。

物語に出てくるセリフで、『そばにいるときにもっと気持ちを言葉にすべきだった、

がありますす。

と今ならわかる。失くしてからだと遅すぎるんだよ』と店主がお客さんに語る場面があります。

私にも遠い昔、言葉にできなかったことで大切なものを失くした過去があります。忘れたはずの苦い記憶は、ときどき痛む傷跡を思い出させ、重い荷物のようにずっと背負っていたことに気づく日が今もあります。

そんな荷物をおろさせてくれるような場所、それがこの物語に出てくる『ならまちはずれの朝ごはん屋』です。

主人公や店主も同じような過去を背負っているからこそ、相手の気持ちがわかるのでしょう。そう、傷ついた人ほどやさしいと私は信じたいのです。

最後に、この作品を書籍化に導いてくださったスターツ出版のみなさま、素晴らしいイラストとデザインを担当してくださったみなさまに感謝します。また、サイトやSNS、お手紙で応援してくださっている方には格別の感謝を申し上げます。

今日が、みなさまにとって〝新しい一日〟でありますように、願っています。

二〇一七年九月　いぬじゅん

この物語はフィクションです。実在の人物、団体等とは一切関係がありません。

いぬじゅん先生へのファンレターのあて先
〒104-0031　東京都中央区京橋1-3-1　八重洲口大栄ビル7F
スターツ出版（株）書籍編集部 気付
いぬじゅん先生

奈良まちはじまり朝ごはん

2017年9月28日　初版第1刷発行

著　者　　いぬじゅん　©inujyun 2017

発 行 人　　松島滋
デザイン　　西村弘美
レシピデザイン　久保田祐子
レシピ監修　新間友恵（管理栄養士）
編　　集　　森上舞子
発 行 所　　スターツ出版株式会社
〒104-0031
東京都中央区京橋1-3-1　八重洲口大栄ビル7F
TEL　販売部　03-6202-0386（ご注文等に関するお問い合わせ）
URL　http://starts-pub.jp/
印 刷 所　　大日本印刷株式会社

Printed in Japan

ISBN　978-4-8137-0326-6　C0193